「ホーホー」の詩ができるまで

――ダウン症児、こころ育ての10年

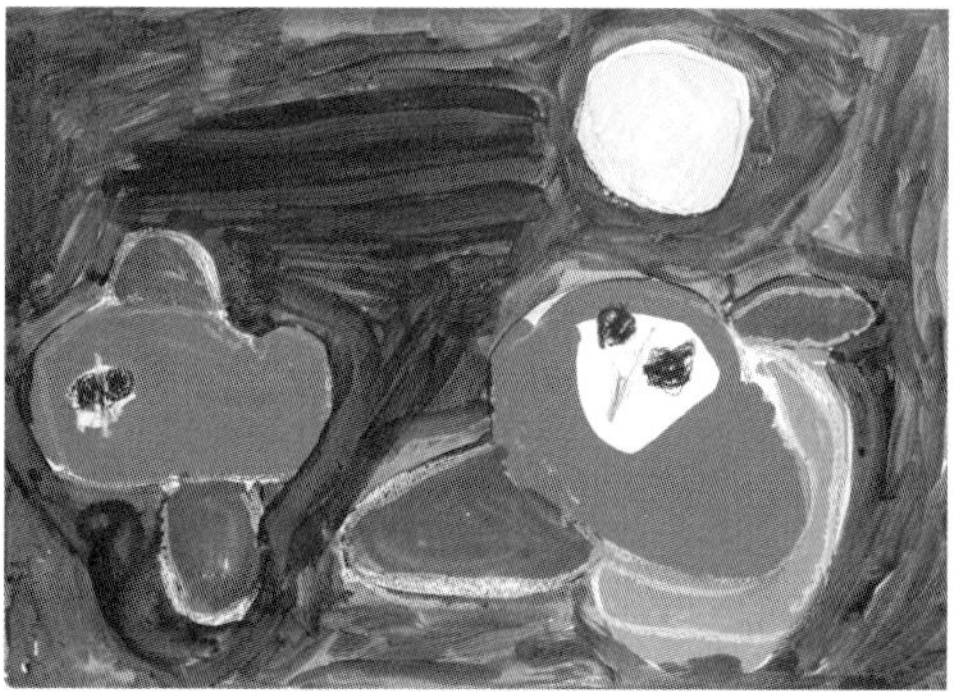

出窓社

「ホーホー」の詩ができるまで

もくじ

はじめに

娘の静香《しずか》が誕生したあと、私たち夫婦はダウン症についての本をたくさん読みました。ダウン症のくわしい説明や療育《りょういく》手帳、障害者年金などの制度的なことは専門書から知ることができましたし、体や口の動かし方などの訓練法が書かれている本も参考にして療育に取り入れていきました。また、静香の成長に合わせ、六歳くらいまでの遊び方、トイレや手洗い、食事の仕方など、手引書のような本も何度も読みました。これらの本のおかげで、私たちはダウン症についてひととおりの知識を得ることができ、それらの本が療育にも大いに役立ったことは確かです。

しかし一方で、本に書かれている訓練法や遊び方を試してみても静香が嫌がったり、興味を持ってくれないことが多くありました。また、二歳までにはできると書いてあることのほとんどを静香は三歳になってもできませんでした。本に書いてあることができないと、あせったり、心配になってしまうこともあったので、本にばかり頼るのは、ふつうの育児書と同様に、マイナスな部分もあるのかもしれません。

ダウン症の子どもさんのいるご家族のエッセイ本も、いくつか読んでみました。いきいきと暮らしているダウン症のお子さんたちの姿や楽しい日常生活、そして幸せなご家族のようすが描かれたそれらの本に、私たちはどれだけ励まされ、元気づけられたことでしょう。

しかしながら、どうすればそのような子どもに育つのか、具体的な子育ての方法や、特別な療育の方法について書かれていることは、ほとんどありませんでした。

多くの本に助けられ、支えられ、勇気をいただいたのは事実です。とはいえ、実際に、悩んでいる私たちを導き、静香の育て方を手とり足とり教えてくれたのは、専門の医師、早期療育を実践している「タンポポ教室」の先生方やボランティアのお母さん方でした。先生やお母さん方は、本には書かれていないような子育てのコツから、療育を行うことの意味、そして具体的な実践方法まで、わかりやすく説明してくれました。また、小学校での授業や先生たちのかかわり方、ピアノの先生の教え方、妻の姉の子育てなどからも、多くのことを学びました。

こうした経験から、私たちもいつか、ダウン症の子と生きることになったご家族、そしてダウン症に関心を持つ人たちのために、役に立つような、しかも勇気を与えられるような本を出版したいと考えるようになりました。

しかし、本を書きたいと思っていた反面、私たちはなかなか自分たちの子育てに自信を持つことができませんでした。静香になにかできないことがあったり、人に迷惑をかけるようなことをすると、私たちの育て方が悪かったからではないだろうかと思ったりして、むしろ不安なことのほうが多いくらいでした。

そんなことを考えていたころ、ある出来事をきっかけに、これまでいろいろな人に教えてもらったことや、元気づけてもらった言葉、そして、静香と共に経験してきたことを、これから子育てをがんばろうと思っている人たちや、今まさに子育てをがんばっている人たちに伝えたいという思いを強くし、本書の執筆を始めました。

本書は、私たちの気持ちや子育ての方法、娘の成長記録を描いただけのものではなく、障害のある子どもを授かるとはどういうことなのか、どうすればばうつむかず、あきらめず子育てをしていけるのかということに力点を置いていますす。まわりの人のちょっとしたやさしい言葉に救われることがあるということ、娘の心に寄り添って一歩一歩、歩んでいくことの大切さ、そうやって歩いていけば必ず障害ということが受け入れられ、ゆっくり成長するわが子との日々を楽しむことができるということを伝えたいと思いました。

また、小さないのちを大切に育むことのすばらしさと、その先には必ず幸せがあるということを知ってもらいたい、という思いもあります。むずかしい療育方法や特別なかかわり方を教示するものでもなく、また、私たちの子育ての方法を推奨《すいしょう》するものでもなく、日々の生活の中での思いやりやかかわり方にこそ、子育ての楽しさや家族の幸せがあるということを伝えたいと思っています。

本書には、これまでたくさんの方々から教えていただいた子育ての方法やコツを掲載しています。本書に書かれたエピソードや言葉の中で、なにか一つでも読者の皆様の心に留まり、それが笑顔になれるきっかけとなることを願いながら執筆しました。

本書が、ダウン症児の子育てとダウン症へのさらなる理解の一助となることを、心より願っております。

なお、本書は、父親である私の視点から描き、そのときどきの母親の気持ちは、妻の知美《ともみ》が「妻のまなざし」として執筆しています。

1 誕生

静香の誕生

私たち夫婦の一人娘、静香は二〇〇三年十月、ダウン症《しょう》候群《こうぐん》という性質を持ってこの世に生まれてきました。

出産予定日よりも一か月ほど早かったため、仕事でマレーシアに滞在していた私は、妻からの電話で娘の誕生を聞き、びっくりしたと同時に無事生まれたことにほっとしました。わが子のようすを妻にあれこれとたずねながら、どんな赤ちゃんなのだろうと会えるのを楽しみにしていました。

妻は出産した翌日、医師からダウン症の可能性があることを聞かされていましたが、異国にいる私に心配をかけないように、電話ではそのことは言わなかったのです。

一週間後に帰国し、すぐに病院に行って、小さなかわいい赤ちゃんを初めて抱きました。喜んでいる私に妻は、赤ちゃんにダウン症の可能性があることを伝えました。それを聞いた私は、いったいどういうことなのか、赤ちゃんになにがおこっているのか、きちんと理解できませんでした。

その一方で、出産後すぐに医師からダウン症の可能性を伝えられた妻は、この一週間、一人でどんなに不安だったろう、と申し訳なく思い、泣いている妻の肩を抱きながら、とにかく落ち着いて冷静にならなければ、と自分に言い聞かせていました。

退院に際して、再度、産婦人科医からダウン症の可能性があるということを知らされ、大きな病院で染色体検査《せんしょくたいけんさ》を受けるように言われました。医師からはダウン症のくわしい説明や育て方などについてはなんの話もなく、私たちはただただ不安な気持ちで、赤ちゃんを抱いて退院しました。

退院後、静香は黄疸《おうだん》が強く出たため、産婦人科医から紹介された病院に入院しました。一週間の入院中、私たちはＮＩＣＵ（新生児特定集中治療室）で治療を受けている静香に毎日会いに行き、妻は、家で採取した母乳を静香に飲ませました。

あるとき、妻は疲れていたのか気が動転していたのか、ＮＩＣＵ専用のスリッパをはいたままタクシーに乗って、帰宅してしまったこともありました。

静香はどうなるのだろう、と私たちは不安な日々を過ごすなか、ふと気づくと、静香のへその緒《お》がなくなっていました。聞いてみたところ、「綿を交換するときに綿にくっついて捨ててしまった」と看護師さんに言われ、なんだか静香が粗雑《そざつ》に扱われているようで悲しくなりました。

染色体の検査結果は約一か月後でしたが、それまでのあいだ、ほかの子と変わらない元気そうでかわいい静香のようすを見ながら、これはなにかの間違いなのではないか、本当にダウン症なのだろうか、と思ったこともありました。

電車に乗っているときや、町を歩いているときに、赤ちゃんづれの親子を見かけると、静香のことを思い出し、涙があふれるのを懸命にこらえました。

検査の結果、ダウン症であることが確定し、私たちは、改めてショックを受け、目の前が真っ暗になるような思いでした。子どもと過ごすふつうの幸せな未来が、一瞬で消えてしまったような感じだったのです。ダウン症と診断した小児科医もまた、「ふつうに育てればいいですよ」と言うだけで、ほかにはなにも教えてはくれませんでした。

妻のまなざし①

病院に駆けつけた姉は、ダウン症の告知を受けショックで沈み込んでいる私に、「お母さんは、どんなときも家族の太陽でないといけないよ」と言ってくれました。

そのとき、私は自分がお母さんになったことに気づきました。私は静香にとって世界でたった一人のお母さんなんだ、と思いました。ただただ小さくはかない静香を守ってあげたい、という気持ちでいっぱいでした。

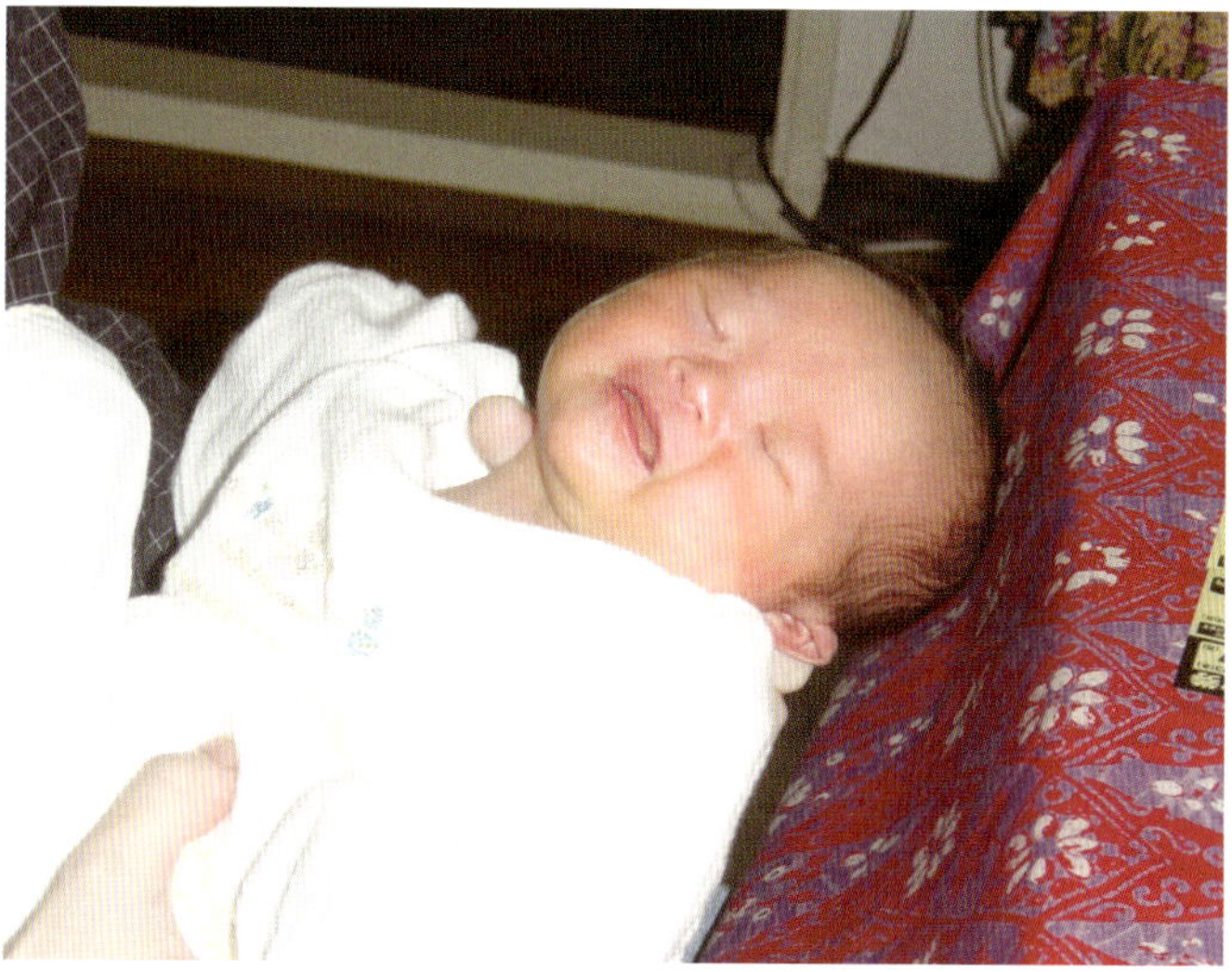

退院したばかりの静香

ダウン症の子ども

妻が妊娠しているとき、なにかのきっかけで、羊水《ようすい》検査などの出生前診断《しゅっしょうまえしんだん》の話になったことがありました。私たちは、もしわが子になんらかの障害があることがわかったとしても、中絶という選択はしないし、そうした選択はできないだろうと話しました。万が一、そうした子どもが生まれたとしても、そのことを受け入れて育てていくべきであるという意見で一致していたのです。

こうした覚悟があったはずなのですが、いざわが子にダウン症の可能性があると知らされたときには、動揺してしまったことも事実です。

静香にダウン症の可能性があることを知らされてから、私たちはダウン症に関する情報を集め始めました。ダウン症に関する本やインターネットの情報には、次のようなことが書かれていました。

ダウン症候群の人は、ふつうの人より染色体が一本多いため、体にいろいろな障害がおきやすい。筋力が弱いことや成長がゆっくりであることに特徴があり、知的発達の遅れがある。先天性の心臓疾患《しっかん》、斜視《しゃし》や白内障《はくないしょう》などの眼疾患、難聴など、合併症《がっぺいしょう》がおこる場合もある。また、急性白血病やアルツハイマー病を発症するリスクもふつうの人よりは高いなど、さまざまな病気や障害がおこる可能性が書かれていました。

静香は生きられるのだろうか？　話すことはできないのだろうか？　どんなふうに成長していくのだろうか？　次から次へと恐怖にも似た不安な気持ちがわき出てきました。

しかし反面、心の中で何度も自問自答しました。一つのいのちが生まれてきたのに、もっと喜ばなければ……。障害があるからといって不幸なのだろうか？　いや、この子は不幸そうな顔はしていないし、悲しそうでもない。あくびをしたり、泣いたり、ミルクを飲んだり、無邪気なかわいい顔をしている。こんなかわいい子を前に、私はいったいなにを悲しがっているのだろう？

心の中が混乱していました。

義父の言葉

そんなころのことでした。妻の父が私にこんなことを言ってくれました。

「この子にはハンディがあるかもしれへんけど、どんなすばらしい人生が待っているかわからへん。悲観したらあかんで。人生は良い方、良い方に考えていかなあかんで」

この言葉を聞いて、はっと目が覚めました。そのとおりだと思いました。私は静香が生まれる前から、どんな子であっても育てる覚悟でいたのを思い出しました。

静香を愛し、一生懸命育てなければいけない。静香の未来をつぶしてはいけない。静香がすばらしい人生を送れるようにがんばらなければならない。それが親としての使命であり、責任だと考えるようになりました。

静香（3か月）に微笑みかけるおじいちゃん

義父は静香が十歳のときに八十歳で亡くなりましたが、十年間、だれよりも静香を愛し、かわいがってくれました。静香の性質を障害とはとらえず、個性ととらえ、「しーちゃんはおもしろいなあ。しーちゃんにはほかの子どもにはないかわいさがあるわ」と言ってくれました。また、「しーちゃんは敏宏《としひろ》君に似てるなあ」と言ってくれたのも義父でした。

ダウン症の子は顔つきに特徴がありますので、生まれてからだれにも親に似ていると言われたことがなかったのです。静香の顔が私に似ていると義父が言ってくれたことは、私にとってなによりもうれしいことでした。

妻のまなざし②

出産してすぐのころは、静香をかわいいと思えば思うほど、障害のあることが悲しくなり涙が出ました。

ある日泣いていると、夫に、「君が泣いているのは君の自分勝手な気持ちからだ。自分が障害のある子を持ってかわいそうだと思っているからだ。そんな気持ちを持った母親に育てられても静香は幸せにはならないよ」と言われました。

確かに、障害があって悲しいと思っているのは、静香ではなく私だったのです。静香に対して申し訳なく、とても反省しました。

そのころ、インターネットで次のような文章に出会いました。

「障害のある子どもを授かったことは、予定していた海外旅行の行き先が急に変更になったようなものだ」

　これは、フランスに旅行しようと楽しみにしていたところ、突然行き先がフィンランドに変わったようなものかと、私なりに想像してみました。フィンランドのことはぜんぜん知らず、行こうと思っていなかったのだから、戸惑って当然だろうと思いました。けれど、フィンランド旅行も楽しいかもしれません。いや、楽しいにちがいないと思いました。

　この話は、当時の私の混乱した気持ちを落ち着かせてくれました。なぜなら、知らない国を旅するのは不安もあるだろうけれど、新しい発見や思いもよらないうれしい出来事があるだろうと思ったからです。健常の子と生きるのも障害のある子と生きるのも同じように、どちらの人生にもきっとうれしいことや幸せなことがいっぱいあるにちがいないと思いました。

2 幼児期

玉井先生との出会い

静香が生まれて一か月後、インターネットで大阪医科大学附属病院に玉井浩先生という専門医がいらっしゃるのを見つけました。

初めて玉井先生の診察を受けたとき、先生は、とてもやさしく、そしててていねいに診察してくださいました。不安と絶望に押しつぶされそうになっていた私たちは、先生のあたたかい言葉やまなざしに救われました。先生は私たちの疑問や不安に思っていることにていねいに答えてくださり、ときには目をうるませて話を聞いてくださったのです。

玉井先生からは、現在は、定期的に検査をすることによって、早期に異常を見つけ、治療を施すことができることや、体の発達や知的発達の遅れも「療《りょう》育《いく》」という専門的な方法によって、良い方向に持っていくことができることなどを教えてもらいました。この診察をきっかけに、私たちがそれまで抱いていた不安は、しだいに取り除かれていきました。

大阪医科大学附属病院では、心臓の検査などの内臓の検査、耳の聞こえの検査、目の検査、レントゲン検査、脳波、白血球や甲状腺《こうじょうせん》機能などを調べる血液検査、発達検査などを受け、定期的にチェックしていくことになりました。

とはいえ、検査を受けるたびに結果が心配になり、夜も眠れないような不安に襲われることもしばしばでした。

タンポポ教室

玉井先生から、大阪医科大学附属病院にある「タンポポ教室」を紹介してもらいました。タンポポ教室はダウン症児専門の赤ちゃん体操教室です。教室には、小児科医をはじめ、作業療法士や言語聴覚士などの専門家や、ダウン症のお子さんを育ててこられたボランティアのお母さん方がおられて、三、四組の親子が体操や食事の仕方などを教えてもらっていました。

ダウン症の赤ちゃんの多くは筋力の緊張が弱いため、ふつうの赤ちゃんのように自発的に手足を動かしたりすることが少なく、ほうっておくと、動くことなく、だらんとしたままになり、発達が遅れてしまいます。ですので、赤ちゃんの手足を持って動かしてあげたり、全身をマッサージすることによって、筋肉に刺激を与え、少しでも筋力がつくようにしてあげることが、体の成長にとって、とても大事なことなのだそうです。

月に一度のタンポポ教室では、マッサージや体操の方法を教えてもらったり、ダウン症児の育て方や心構えなどについてアドバイスしてもらいました。

最初のころ、妻は教室で泣いていることがありました。このような療育をしないと静香は育たないのか、と思うと悲しかったそうです。ふつうのお母さんたちのようにのんびりとは過ごせないこと、親ががんばらないといけないということに重圧を感じていたようです。

私たちが落ち込んでいるように見えたのでしょう。ボランティアの先輩《せんぱい》お母さん方からは、ご自身の経験にもとづいて、ダウン症の子どもならではの子育てのコツや日常生活の送り方などをたくさん教えてもらい、いつもやさしく励ましてもらいました。そのおかげで、妻も笑顔が多くなり、療育に前向きに取り組むようになっていきました。

先輩お母さんからのアドバイス

何度も言われたことは、「最初が肝心《かんじん》」ということでした。最初になにかするときに変な癖《くせ》がついてしまうと、のちのち、それを正したり、変えたりすることがかなりむずかしいということでした。それは生活全般に言えることで、姿勢や体の動かし方から食べ方や話し方、遊び方など、間違ったやり方を覚えてしまうと、なかなか直せないので、時間がかかっても、最初にきちんと正しい方法を教えることが大事だと言われました。

静香がハイハイするようになったころ、眼鏡《めがね》に興味を持っていたので、妻の眼鏡を外《はず》して床に置き、「ここまでおいで」と静香に声をかけたところ、ボランティアのお母さんに注意されました。そういうことをすると、眼鏡を置かないとハイハイしなくなるし、眼鏡がおもちゃだと思ってしまう、というのです。眼鏡がこわれやすく大切なものだということもわからなくなるそうです。

またほかには、「生活を見せることが大切」というアドバイスをしてもらいました。お母さんが掃除や料理をしたり、洗濯物をたたんだり、片づけたりしているようすを子どもに見せることで、生活をする、生きるということの実感を子どもに持たせることが大切だということでした。

これは妻にとって目から鱗《うろこ》だったようです。静香といっしょに遊んであげる時間を作るために、家事は静香が寝ているあいだに済ませてしまったほうがいいと思っていたからです。しかし、実際にやってみると、静香は妻が立ったり座ったり、あちこち動きながら家事をする姿を一生懸命目で追っていました。お母さんの家でのさまざまな活動を見るのは、静香にとって楽しかったのかもしれません。

妻は、このアドバイスにしたがって、掃除や洗濯、買い物、料理、片づけ、花の水やり、ゴミ捨てなどは、いつも静香といっしょに、静香に見せながら行っていました。そして、どんなときでも、「きょうは大根買おうか?」「朝顔咲いたね」「これはしーちゃんのパジャマね」などと、まだ声も言葉も発していない静香に対して、熱心に声をかけていました。

もう一つ心に残っているのは、「言葉は感動とともに出てくる」というボランティアのお母さんの話です。

ダウン症のお子さんが初めて発した言葉が「ひこうき」だったそうで、それは空を飛んでいる飛行機を見て感動したからだそうです。言葉は教えこむのではなく、いろいろな経験をするなかで、感動や驚きなど、心の動きとともに出てくるという話でした。そして親も子どもの心の動きに共感し、共に感じ合うことが大切だと教えてもらいました。

赤ちゃん体操

赤ちゃん体操は、教室でその方法を教えてもらって、家庭で実践することが大事でした。

私たちは、さっそく、毎朝毎晩、赤ちゃん体操をしました。静香に笑顔で声をかけながら手足を動かしてあげたり、お腹や背中をさすってあげたり、顔をマッサージしてあげたのです。

筋力が弱いダウン症の子どもは、たとえば、おっぱいを吸う力や笑う力も弱く、疲れやすいため、とにかくすぐ寝てしまうところがあります。子どもから声や表情、動作でなにかを訴えることが少ないため、ほうっておくと、なんの刺激もないまま時間だけが過ぎてしまうこともあります。おっぱいを吸うのにも、表情を作るのにも、筋力が必要です。

そういうわけで、とくに目のまわりや口のまわり、頬《ほお》などを中心に、顔のマッサージを毎日欠かさず行いました。先生からのアドバイスで、ときどき、手袋をしてマッサージを行ったりもしました。いろいろな感触を感じさせることも大切なのだそうです。

首のすわりをサポートするための赤ちゃん体操は、次のような感じで行いました。

静香を腹ばいにして両腕を胸の前で組むような形にして、前から声をかけます。「しーちゃん、しーちゃん」と呼ぶと、私の顔を見ようとして、一生懸命首を上げようとします。このとき、必ず目と目を合わせるようにして、笑顔でほめてあげることがポイントです。

初めのころは二秒くらいでガクッと顔を突《つ》っ伏《ぷ》していましたが、少しずつ回数を重ねるうちに、首の筋力がついてきたのか、首を上げている時間がのびてきました。毎日くり返しているうちに、二か月後には三十秒くらい首を上げていられるようになりました。

静香が成長するにしたがって、赤ちゃん体操も次の段階へと少しずつ変化していきました。初めは腹ばいにして首を上げる練習をしていましたが、五か月が過ぎ、首がすわるようになると、こんどは寝返りの練習が始まりました。寝返りの練習では、片方の腕と足を持ってあげて、あお向けからうつぶせへの動きをサポートするようにします。

先生には、あお向けより、できるだけうつぶせにするように言われました。

首上げ体操をする静香（３か月）

うつぶせ姿勢を保つことは筋力を使います。筋力を強くするだけでなく、うつぶせ姿勢は、積極性や意欲も高めるそうです。

おすわりができるようになると、歩くことに向けての練習を行いました。ダウン症の子どもは、足の裏が敏感で、歩き始めるころ、足の裏の一部を地面につけないで歩いたりする傾向があります。そうすると、のちのち、姿勢が悪くなってしまったりするのです。足裏をきちんと床について立ったり歩いたりできるようにするため、顔のマッサージと平行して、早い段階から、足の裏を刺激するマッサージを行っていました。それに加えて、椅子に座って足の裏を床にぴったり着けるようにする練習も行いました。

そのほか、背中ができるだけのびるように、膝《ひざ》を曲げて腰をひねって歩けるように、首をまっすぐにして、顎《あご》を引けるようになど、歩けたときの良い姿勢をイメージした体操を歩けるようになるまで毎日欠かさず続けました。

体操するときは、いつも静香の目を見ながら笑顔で、「一、二、一、二、じょうず、じょうず！」などと声をかけながら、楽しい雰囲気を心がけました。

良い刺激を与える

私たちはダウン症の子どもの育て方が書いてある専門書もたくさん読んで、毎日子育てに没頭しました。

外の景色を見たり、外気にあたるのも良い刺激になると思い、積極的に外出もしました。

雨で外に出られない日、妻は前向きに抱っこ（妻のお腹と静香の背中を合わせるようにして）をして、家の中をうろうろしていました。家の中では、いつも空間の下の方で寝ていたり座っていたりするので、高いところを見るのは静香にとって刺激になると思ったからだそうです。指さしながら、「これがカーンだよ」「これが電気のスイッチだよ」などと紹介してまわっていました。「カーテンはふわふわしているね」などと言って、初めてのものには必ず静香の手でさわらせていました。

家の中でも、子どもにとっては不思議なもの、楽しいものがたくさんあります。できるだけ色の鮮やかなものを置いておくと、目に留まったり、興味を持ったり、刺激になると、専門書にも書かれていましたので、そのようなものを置いたり、飾ったりしました。

赤ちゃん体操の効果

赤ちゃん体操の効果もあり、静香はゆっくりではありましたが、成長していきました。静香のちょっとした成長にも、私たちはうれしくなり、感動しました。

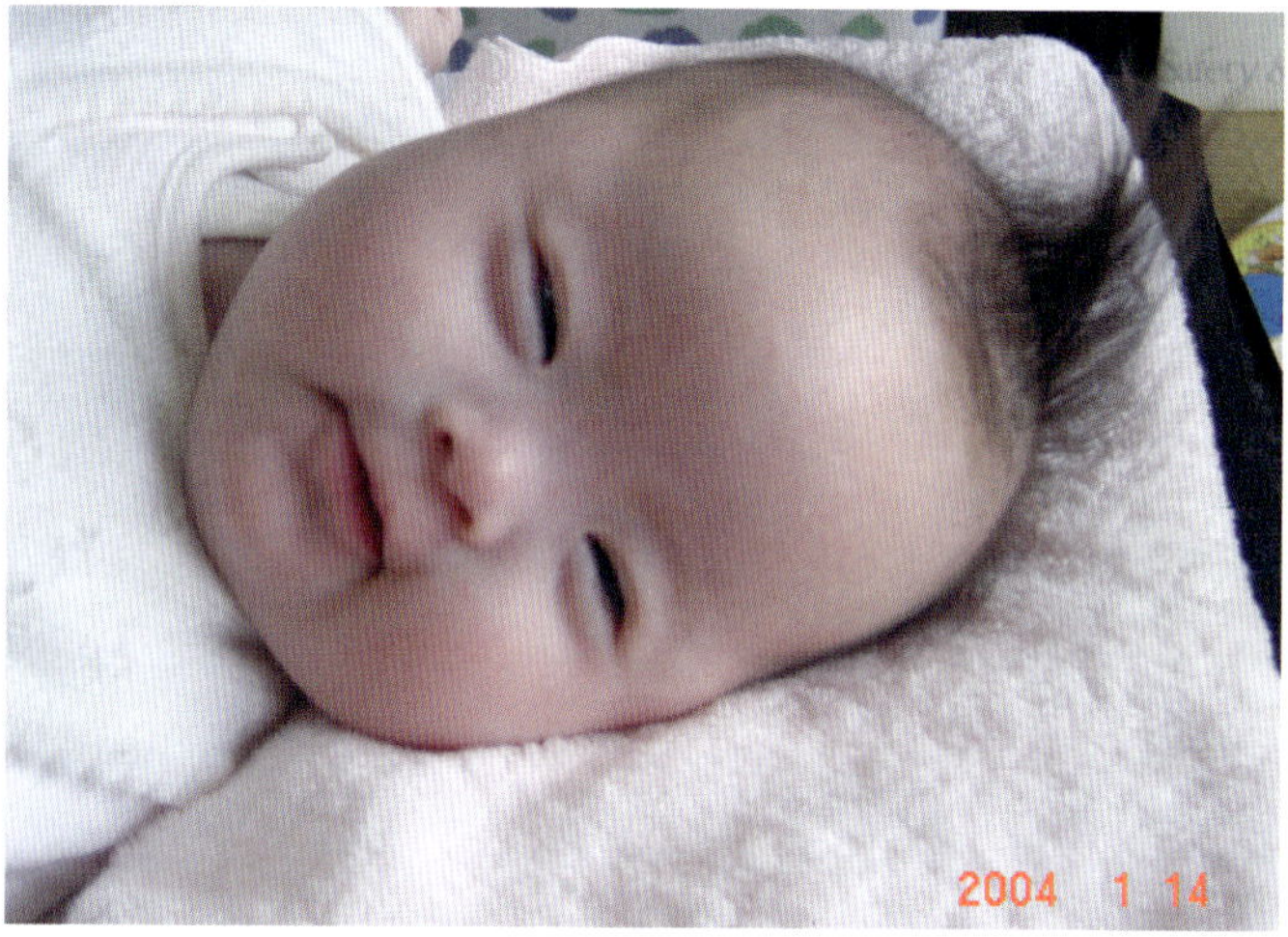

静香の笑顔（3か月）

三か月もすると静香は笑ってくれるようになりました。私たちに笑いかけてくれるその顔がかわいくて、うれしくて目が離せませんでした。「わたし、笑えるようになったんだよ」。そんなふうに静香が私たちに言っているようにさえ感じました。

首がすわっているかどうかを確認するためには、あおむけに寝かせて、静香の両腕を持って引っ張り上げてみるとわかります。首がいっしょについてきたら首がすわっていますし、首がガクンとうしろに落ちてしまうときは、まだすわっていません。

三か月くらいのとき、まだまだ首がすわっていなくて心配でしたが、四、五か月目くらいに首がついてきたときには感動でした。赤ちゃん体操のおかげと思い、なおいっそう、ていねいに体操をするようになりました。

初めておすわりができたときも夢を見ているようでした。「えっ、今すわったの?」という感じでした。

ハイハイができるようになると、行きたいところに移動できるようになり、ますますかわいくなってきました。静香がどこへ行くのか、どのおもちゃをさわるのか、だれのところに行くのかなどによって、静香の気持ちが見えてきます。ハイハイは一年間くらいしていました。早く立たせようとか、歩かせようとせず、ハイハイを十分にさせることは、全身の筋力を鍛えるうえで大事だそうです。

初めて立ったときも突然でびっくりしました。なんとか伝え歩きができるようになったときは、うれしくて、ちょうど良い高さの台を急いで買いに行きました。支えから離れて一、二歩歩いたときは、また感動でした。「歩けた、歩けた！　じょうず、じょうず！」うれしくてビデオを取りに走りました。

妻のまなざし③

首がすわる、笑う、おすわりする、声が出る、立つ、歩くなど、なにか一つのことができると、不安が一つ消えていって、喜びやうれしさ、感動が一つ増えていきました。なかでも私の言うことを理解してくれたり、声や動きで静香からなにかを要求するなど、静香とコミュニケーションが取れたときが一番うれしかったです。

静香がお昼寝をしているあいだには、よく専門書を読みました。とくに、赤ちゃんの発達に関する本はとても興味深く、人間の脳や体がどのように発達し、成長していくのかということがいろいろと書いてありました。

花を育てるときには土の中の栄養と水、そして太陽に当てることが大切なように、人間の発達や成長にもいろいろな要素が必要であることを知り、静香とかかわる時間がいかに大切であるか、ということを改めて感じました。

かけがえのない存在へ

ダウン症の子どもは、ふつうの子どもより発達がゆっくりです。笑うのも、すわるのも、立つのも、歩くのも二倍くらい時間がかかります。実際、静香の場合もそうでした。歩けるのだろうか、しゃべれるようになるのだろうか、字が読めるのだろうか。私たちは不安に思いながらも、いつかそうなる日を信じて、全力で静香と向き合い、子育てに没頭しました。

そんな私たちにとって、静香の笑顔や成長は、当初の不安を吹き飛ばしてくれるものでした。そして、いつしか私たちは、この子にはできないことがいろいろあるかもしれないけれど、幸せに生きられる道は必ずある、と信じられるようになりました。その道を静香といっしょに見つけて、歩いて行きたいと思うようになりました。

気持ちというのは不思議なもので、悲しみが喜びに、不安が希望に変わっていくことがあるのです。下を向いていてはいけない。一生懸命、精一杯の愛情で静香を育てよう！　そんな気持ちで毎日を過ごしているうちに、ふと気がつ

歩き始めたころ（1歳10か月）

くと、私たちは、静香の笑顔や成長に喜び、明日という日に、そして、静香の未来に希望を持つようになっていました。なによりも静香がかけがえのない愛《いと》おしい存在となっていました。

3

言葉と心

二つの取り組み

静香の子育てにおいて、私たちは、とくに二つのことに一生懸命取り組みました。

一つは言葉です。ダウン症の子どもは、話すことが苦手だったり、発音が不明瞭な子が多いということが本に書かれていました。静香といろいろなことを話したい、静香の気持ちをたくさん話してもらいたい、という強い思いから言葉育てに力を入れました。もしかしたら静香と会話ができないかもしれないという不安が頭をよぎることもありましたが、少しでも発達してくれれば、と祈るような気持ちで取り組んでいきました。

もう一つは心です。心を育むことは静香の人生を豊かなものにすると思ったからです。なによりも、楽しい、うれしい、おもしろいなど、感情が豊かであれば、静香自身が楽しいであろう、ということがありました。そして、静香の気持ちがまわりの人たちに伝われば、静香もまわりの人たちもうれしくなるだろう、と思いました。

いっしょに感動したり、ときには悲しさやつらさをわかち合うことができれば、それも幸せなことだろう、と思ったのです。「心を育む」というのは、なかなかむずかしいことですが、私たちなりに一生懸命考えて、いろいろと工夫しながら、取り組んでみました。

言葉と心は、表裏一体でもあり、それらは互いにわかちがたく結びついています。言葉だけに集中していてもよくなくて、言葉を育てながら、同時に心も育てるようにしなければなりません。とはいえ、私たち人間は、言葉によって心を表現するという特徴がありますので、心を育てるということを頭の中に入れながら、言葉を育てるということから始めていきました。

話しかける

言葉を話すためには、言葉を聞いて覚えること、ものや人に名前があるということを理解すること、声を出すこと、口や舌を動かすこと、話したいという気持ちを持つことなど、多くの要素が必要です。そこで、静香にたくさん話しかけたり、ものや人や絵本を指さして名前を教えたり、口をマッサージしたり、静香の出す声に笑顔で応えてあげたりしました。

毎朝の体操が終わり、私が出勤すると、妻は静香と二人きりでした。そんなとき、妻は、「きょうはお父さん出かけたね」「お母さんのお昼ご飯はチャーハン作るね」「このトマトおいしいよ」など、静香が起きている時間はいつも静香に話しかけていたそうです。目を合わせながら、ゆっくり、簡単に話すことがコツなのだそうです。

「ベビーカーで出かけたときも、「きれいなお花が咲いているね」「これは大根だよ」などと、ずーっとしゃべり続けていたそうです。

これは実際にやってみると大変で、静香に話しかけるといっても、私の場合、ものの五分で話しかけは途切れがちになりました。それでも、がんばって、なんとか話題を作っては話しかけ続けましたが、これを毎日、ほぼ一日中、静香に話しかけていた妻には、本当に頭が下がりました。科学的根拠はないのですが、妻や私から言葉のシャワーを浴び続けたことが、静香が話すことができた大きな要因になったのだろうと今では思っています。

妻のまなざし④

キッチンから声をかけるときも、洗濯物をたたみながら話しかけるときも、必ず静香の目を見て話しました。できるだけ静香の目の高さに合うように、しゃがんで話すようにしていましたし、うれしいことがあったときやじょうずにできたときは笑顔で頭をなでてあげたり、だめなことをしたときはしかめっ面で両手を持って注意したりと、表情や体をさわるという行為を利用しながら、私の気持ちや意図を伝えました。

静香は、私が話しかけるといつもじっと私を見つめていました。言葉を一生懸命聞いているように見えましたので、私も熱心に話しかけました。

話しかけているときに静香が笑ってくれると、ますますうれしくなりました。当時、静香から言葉が返ってくることはなかったのですが、静香の目や笑顔を見ると、心が通じ合っているように感じました。

言葉の使い方

タンポポ教室では、「赤い花」「冷たいアイスクリーム」など、名詞に形容詞をつけて話すとよい、ということを教えてもらいました。名詞を覚えるのは比較的簡単なのですが、形容詞はむずかしいため、小さいときから形容詞をつけて話すと、知らず知らずのうちに、「赤い」という色の概念や「冷たい」という体感を認知していくことができるのだそうです。

また、トイレなどで子どもの前から姿を消すときは、必ず「トイレに行ってくるね」というように、子どもに話しかけてから行くようにすることも大事だと教えてもらいました。いつもそのようにしていると、子どもは、「トイレ」と言うと、しばらくいなくなるけれど、すぐにまた戻ってくるのだということを理解するようになっていくのだそうです。

もう一つ、話しかけるときに注意していたのは、同じ言葉を使うということでした。たとえば、「トイレ」という言葉を「お便所」「おしっこ」「お手洗い」など、いろいろな言い方に置き換えないということです。車はブーブーと言わず「くるま」、靴はクックと言わずに「くつ」と言っていました。

本には、私たち夫婦の会話も重要だと書いてありました。「新聞！」と言わず、「新聞をとってください」と、きちんと文章にして話すのが大切なのだぞうです。静香は私たちの会話を全部聞いて覚えていくので、私たちも正しい話し方を心がけていました。「新聞とって」と言わず、「を」や「ください」をつけて、「新聞をとってください」と言うようにしていました。とくに、静香にとって助詞を使いこなすことは、かなりむずかしいことなので、少しでも聞いて覚える機会を増やしてあげよう、と思ったからでした。もちろん新聞をとってもらったら、「ありがとう」の一言も忘れないように気をつけました。

共同注視

「共同注視」も大事だと教えてもらいました。共同注視というのは遠くにあるものを二人で見ること、つまり視線を共有するということです。たとえば、「あそこに鳥が飛んでいるよ」と一人が指差した方向を二人で見ることです。これは人間にしかできないことだそうです。

当初、静香に同じことをした際、静香は私の指ばかり見ていました。指から離れた先にあるものには目がいかないのです。そこで、ほんの少しだけ離れたものから練習しました。絵本を前に置いて指さしながら、「これがくまさんだよ、これがキリンさんだよ」というふうにして、その次は静香が知っているものを少し離れて指さして、「あれがお母さんだよ」「あれがテレビだよ」というようにしました。共同注視ができれば、ものの名前を教えるのに効率がよくなるので、大事なことだったのです。

買い物

買い物に行くときは、スーパーマーケットやコンビニエンス・ストアより、八百屋《やおや》や肉屋などの個人商店や市場に行くようにしていました。そうしたところでは店の人が必ず静香に声をかけてくれるからです。「かわいいね」「大きく

動物の絵本を見る妻と静香（9か月）

なったね」など、静香にたくさんの言葉がかけられます。そして、私たちが店の人たちと話しているようすも、きっと静香は見ているはずです。おしゃべりをする楽しさを感じてくれればと思い、私がいないときでも、妻は毎日のように買い物に出かけていました。

妻のまなざし⑤

家の近くにはお肉屋さんや魚屋さん、文房具屋さん、金物店、パン屋さん、ケーキ屋さんなどいろいろな商店がありました。お店の雰囲気もオシャレな店から昔ながらの古い店までいろいろあり、お店の人も老若男女さまざまでした。

静香はいつも、ショーケースに入ったケーキやお肉をベビーカーからじっと見ていました。おすすめ商品を売りこむ大きな声や、商品を新聞紙などで包む音、パンやケーキのいいにおいや魚のにおいなど、静香にとって市場や商店は、刺激がいっぱいの楽しい場所だったと思います。

発語の兆し

少しずつ声が出てきて、八か月を過ぎるころには、「バッバッバッバッ」などと自分の声で遊ぶようになってきました。そんなときは、同じようにまねしてあげるとよい、と玉井先生から教えてもらいました。

静香が「うーっ」と言えば、私たちも「うーっ」、静香が「ハハハ」と笑えば、私たちも「ハハハ」と笑いました。「なに言ってるの？」とか「なに笑ってるの？」などと聞いたりせず、静香と同じことをしてあげることが大切だそうです。確かに、まねをしてあげると、静香はうれしそうに何度も声を出しま

いたい、いたい（11か月）

した。お母さんやお父さんがまねしてくれるというのは、子どもにとってはとてもうれしいことなのだ、とつくづく感じました。

十か月ころ、おすわりができるようになりました。おすわりができると両手が自由になります。そこで妻が手遊びを教え始めました。「ちょち、ちょち、あわわ」や「いない、いないばあ」、「じょうず、じょうず」と言うと拍手することや、「ごろん」と言うと寝転がること、

「いただきます、ごちそうさま」と言うと手を合わせること、などを教えていました。静香はまねをすることがじょうずで、次々と習得していきました。

あるとき、妻が静香に髪の毛を引っ張られて、「いたい、いたいー」と言うと、その後、私たちが「いたい、いたい」と言うたびに、静香は自分で自分の髪の毛を引っ張るようになりました。静香が言葉を理解して、それを動作に結びつけていることに大きな驚きと喜びを感じました。

音楽を通して

静香は歌の本が大好きでした。歌の本というのは、ボタンを押すと童謡が流れて、それぞれのページに歌詞と絵が描いてある本のことです。

あるとき、妻がピアノで「犬のおまわりさん」を弾いていると、静香がそのボタンを押してくれました。びっくりしてほかの曲も弾いてみたところ、静香は十曲あるすべての童謡を覚えていて、間違わずにボタンを押しました。まだ、歌も歌えないし、言葉も話せないときでしたが、妻と静香の気持ちが通じ合っていて、まるで二人で言葉を交わしているように見えて、とてもうれしかったのを覚えています。

おすわりができると、妻は静香を膝の上に乗せて、ピアノを弾きながら歌を歌うようになりました。もちろん当時はまだいっしょに歌えませんでしたので、歌を歌うのは妻でした。静香は膝の上でその音色を楽しんでいるようでした。DVDや歌が流れる本などたくさん売っていますが、子どもの心に響くのは、なによりもお母さんの声だと思います。妻が楽しそうに弾き語りしているようすを見て、静香もきっといっしょに歌いたくなったにちがいないと思います。

妻のまなざし⑥

童謡は歌詞が簡単で、メロディにのって歌詞を覚えやすいので、言葉を習得するのにちょうどよいのでは、と思いました。静香は大きな音を怖がりましたので、ピアノの演奏はおだやかに、やさしく弾きました。また、なにかの本にダウン症の子は高い声を出すのが苦手だと書いてあったので、できるだけ高い声で歌うようにもしました。

けれども、私が一番望んでいたのは、歌や言葉を覚えてくれることでは

お気に入りの歌の絵本で遊ぶ（1歳1か月）

なく、音楽の楽しさを知ってもらうことでした。音楽は人を元気づけたり、癒《いや》したり、感動させてくれます。歌ったり、聞く楽しさもあれば、楽器を奏《かな》でたりする楽しさもあり、人生を豊かにしてくれるものだと思っていました。小さかった静香もピアノの振動や私の声の抑揚など、体で音楽を感じていたことと思います。静香といっしょにピアノを弾く時間は、私にとっても楽しいひとときでした。

ハンドサイン

　コミュニケーションの手段として言葉の役割は、三〇パーセントくらいだそうです。あとの七〇パーセントは、身振りや手振り、表情などです。つまり、言葉がつたなくても、人はさまざまな手段で相手とコミュニケーションをとることができるということです。

　いろいろな手遊びができるようになってきたころから、妻は静香にハンドサインを教えていきました。たとえば、ご飯をたくさん食べたあと、「まだ食べる？」と聞くと、両手を合わせて「ごちそうさま」のポーズをするようになりました。これはもうお腹いっぱいということです。「おいしい？」と聞くと、頬に片手を当てました。これは「おいしい」というハンドサインです。

　いつもピアノを弾くまねをして「ピアノする？」と妻が聞くと、ピアノを弾いてほしいときには、静香がピアノを弾くまねをするようになりました。「どんぐりころころ」の歌を歌って「どじょうが出てきてこんにちは」のところで、妻がいつも頭を下げていたところ、この歌を歌ってほしいとき、静香は頭を下げるようになりました。

初めての言葉

静香が一歳二か月のときでした。犬に吠《ほ》えられた静香が突然、「わんわん」と言ったのです。初めての言葉でした。私たちは驚きと喜びで胸がいっぱいになりました。絵本やテレビ、家の近所で犬を見ると、いつも「わんわんだね」と教えていましたので、静香はちゃんとわかっていたのです。犬に吠えられて怖かったのかもしれません。なんとか私たちに「わんわん」がいるよ、と言いたくなったのでしょう。静香の心の中にあった言葉があふれ出した瞬間でした。こんなに子どもの成長がすばらしいと思ったことはありませんでした。この一言に静香の心と言葉が成長していることを確信しました。

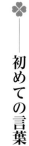

言葉が出たことを玉井先生に話したところ、先生から次のようなアドバイスがありました。

「子どもの言葉の発達に影響を与えるのは、口の動きや発声よりも、話したいという気持ち、意欲です。今は言葉を教えこんだり、しゃべらせようとするより、子どもの意欲を育ててあげてください」。

そのためには、静香のまねをしてあげること、どんな言葉もよく聞いてあげることが大切とのことでした。いろいろな絵本を読んであげるのではなく、静香のお気に入りの本だけを何度も何度も読んであげることも大事だと教えてもらいました。静香が何度も要求することには、なにか意味があるはずなので、静香の好きな歌を何度も歌ってあげることや、静香が好きな遊びを何度も何度もしてあげることも大切だ、と先生は言われました。

先生のアドバイスどおり、私たちは、何度も何度も同じ本を読み、何度も何度も同じ歌を歌い続けました。

一歳半のころには、妻のことを「おたーたん」、大好きなハンバーグを「ハンバーバ」と言えるようになっていました。静香は自分でハンドサインを考えては私たちに伝えるようになり、親子のコミュニケーションはもっぱら手話になりました。

そして、不思議なことに、このハンドサインはいつしかどんどん言葉に変化していきました。「わんわん」というたった一つの言葉は、その後、二語文になり、三語文になり、四歳のころには、「○○がしたい、○○は嫌だ、○○が好き」など、自分の意志を伝えられるようになっていました。

いろいろな言葉で

静香が話をできるようになり、言葉の発達が進み始めた七歳のころのことでした。玉井先生から、「いろいろな言葉で表現してあげるように」というアドバイスを受けました。「トイレ」という単語に統一していたものを、今度はいろいろな表現をすることによって、言葉の広がりをもたせていくというものでした。

このアドバイスにしたがって、私たちは、「お遊戯《ゆうぎ》」「ダンス」「踊り」といったように、どの言葉でも静香が理解できるように、さまざまな言葉で表現するように心がけました。しばらくして気がつくと、静香は「おしっこに行く」「トイレに行く」「お手洗いに行く」など、いろいろな言い方を理解し、その言

大阪の万博記念公園にて（3歳）

葉を使えるようになっていました。

内なる言葉があふれ出す

赤ちゃんは、周囲の人が話すたくさんの言葉をどんどん心の中にためているそうです。バケツ一杯にたまってあふれ出したとき、それは言葉となるのでしょう。私たちもきっとそうなると信じて、なかば祈るようにして取り組みました。静香も心の中にたくさんの言葉を持っていたようです。静香のほんの少しの声に共感し、小さな思いに寄り添うことで、内言語（言葉にならない心の思いのようなもの）は、言葉となってあふれ出たように思います。

話しかけ続けていた日々は、いつのまにか、静香の言葉を聞き続ける日々になっていました。こちらから話しかけることは少なくなり、静香の質問に答えたり、静香が好きなことに共感したり、すっかり静香のペースに合わせるような関係になっていました。

静香とおしゃべりがしたい、と私たちが思ったように、静香も私たちとおしゃべりがしたい、と思ってくれたのかもしれません。おじいちゃんやおばあちゃん、先生や友達、たくさんの人と言葉を交わしたい、とも思ったのでしょう。

静香を見ていると言葉の楽しさを教えられます。言葉は情報を伝えるだけのものではなく、私たちと静香の生活を楽しくしてくれるものです。玉井先生が教えてくれたように、静香の意欲が、静香の内なる言葉をあふれ出させたことは間違いないでしょう。

心を育む

うれしいことを素直によろこび、美しいものを見ればきれいだなと思う。そんな気持ちがあれば、静香の人生はもっと楽しくなるのではないだろうか。困っている人、悲しんでいる人を見ればやさしい思いやりを持ち、むずかしいことに向き合ったときはチャレンジする意欲を持つことができれば、静香の人生はもっと豊かになるのではないだろうか。そんな思いから、私たちは静香が自然や動物とふれ合ったり、絵画を見たり、音楽を聞いたり、絵本を読んだりする機会を多く持つようにしました。そして静香といっしょに感じ、静香の心に寄り添いました。

自然の世界は、静香にとって飽《あ》きることのない楽しい世界でした。少し大きくなると、鳥や虫を見つけたり、いろいろな鳴き声を聞いては、「いまのなに？」と不思議そうにたずねました。大きなカラスが飛んでくると、とても怖がり、黄色いちょうちょうが飛んでいると追いかけていきました。色とりどりの花を見ては、「きれいだね」「いいにおいだね」と喜び、紅葉した落葉やどんぐりをひろい集めて、私たちにプレゼントしてくれました。

神社などの大きな池にいる鯉が大好きで、池に落ちそうになるくらいじっとのぞき込みながら、いつまでも鯉にえさをやり続けていました。空を見上げては「ひこうきぐもだよ」と喜び、オレンジ色に染まる夕方の空に感動していました。

動物園では、大きな象が一番のお気に入りでした。動物が動いたり、寝たり、食べたりしている姿に興味を持ち、一生懸命見ていました。ライオンやトラ、ゴリラは怖くて、遠くからそっと見ていました。キリンや羊などの動きがゆったりした動物が好きでしたが、なかでもフクロウが大好きで、いつもオリの前でなにか話しかけていました。

美術館や博物館に行くと、目をきょろきょろさせて、あちこち動き回りました。「これはなに?」「あれはなに?」と次から次へと質問してきました。とても大きな絵画やカラフルな作品にびっくりしたり、大昔のものや外国のものを不思議そうに見ていました。

おじいちゃんの絵の個展会場にて（３歳）

絵本は毎日何冊も読みました。静香が読んでほしい本を自分で選ぶのですが、何週間も同じ本が続くこともありました。何度も何度も聞くうちに言葉や話がわかってくるのかもしれません。歌も同じで、妻は静香の好きな歌を何度歌わされたことでしょう。

静香は出かける先々でさまざまな経験をし、五感で感じ、心をふくらませていったように思います。静香が話せない時期には「きれいだね」「大きいね」

「これはカラスだよ」などと、静香の気持ちを代弁するように話しかけました。

言葉が出るようになると、発音が不明瞭でも、「そうだね、そうだね」と静香の話に耳を傾け共感しました。よけいな説明をしたり、質問をしたり、ましてや先に感想を言ってしまうことのないように心がけました。静香は、きっと私たちには想像できないくらいたくさんのことを感じているにちがいない、と思ったからです。

もちろん、本が読めるようになってほしい、歌が歌えるようになってほしい、知識を増やしてほしいという気持ちもありましたが、それ以上に、自然のすばらしさに感動し、季節を感じる喜び、本を読んだり知識を得ることのおもしろさ、音楽を聴いたり、奏《かな》でたりする心地よさ、いっしょに歌を歌う楽しさを知ってもらいたい、と思っていました。

4 外の世界へ

子どもたちの中で

これまでは、主に家の中、家族のあいだでの静香の成長について紹介してきましたが、ここからは、静香が家の外の社会でどのように成長していったのかを紹介したいと思います。

外の世界は、静香にとっても、私たち夫婦にとっても、危険なことや不安なことがいっぱいでした。また、家の中と違って、いろいろな人がいる外の世界は、思いどおりにならないことも多く、困難なことや嫌な目にあうことも、たびたびありました。

とはいえ、外の世界は、いろいろな刺激に満ちあふれています。家の中に閉じこもってばかりいては、静香にとってよくないだろうと思って、小さなころから散歩や買い物に静香をつれていきましたし、お寺や公園など、自然のある場所へ暇を見つけては出かけました。しかし、そうした場所で同年代の子どもたちとふれ合う機会はそんなに多くありませんでした。そこで、意識的に、子どもたちがいる場所へ静香をつれていくように心がけました。

こどもみらい館・公園

おすわりができるようになったころ、近所にある「こどもみらい館」という屋内の遊び場へよくつれていきました。しかし、静香はおもちゃにさわるどころか、ほとんど動きもしないで、ほかの子どもたちが遊んでいるのをじっと見ているだけでした。

みんなで音楽に合わせて手遊びをする時間なども、妻や私がうしろから静香の腕や手をとって操《あやつ》り人形のように手遊びをさせていました。

ハイハイができるようになっても、おもちゃを取りにいこうともせず、その場でじっとしているだけでした。楽しいのか楽しくないのかさえ、わかりませんでした。無理に遊ばせようとして、おもちゃの場所につれていくのですが、静香はとても嫌がりました。ただ見ているのが楽しいようでした。もしかしたら、静香にとっては不安だらけだったのかもしれません。緊張していたのかもしれません。

公園では、砂場につれていっても、筋力の弱い静香はスコップですくうこともできず、鉄棒にもぶら下がれないし、滑り台は階段をのぼれませんでした。ブランコは、すわることもできません。ベンチやベビーカーにすわって、ほかの子どもたちが遊ぶのを見ていることが多かったです。

私たちは出かけるたびに、静香のようすを見てがっかりしていました。それでも、少しでも子どもたちの中で育ってほしいと思い、何十回も通い続けましたが、いつもいつも、ただただ、ほかの子どもたちのようすを見ているだけの日々でした。なんにもできなくてもなにか感じているはず、笑ってなくても楽しいと思っているにちがいないと思い、嫌がらない限り、できるだけつれていくようにしました。

ある夏の日、夜間開放をしている「こどもみらい館」に遊びにいくと、閉館間近の時間だったので、子どもはだれもいませんでした。すると静香は自分からボール・プールの中に入り、スコップでボールをすくったり、穴の中にボールを入れようと一生懸命遊び始めたのです。まだじょうずにはできませんでしたが、ボール・プールの中で静香はとてもうれしそうな顔をしていました。そして、「おかあさんも」と言って、妻といっしょに遊びたがりました。

私たちはこのようすを見て、静香はいつも子どもたちの遊ぶようすや遊び方を見ていたのだと思い、びっくりしました。もしかしたら、人が少なかったり、静かな雰囲気なら、静香は遊べるのではないかと考え、閉館間近の時間帯や、人の少ない公園などにもいってみるようにしました。思ったとおり、静香は次々とおもちゃをさわったり、砂場に入ったり、滑り台の階段を一つだけのぼったりしました。

幼稚園

「こどもみらい館」での経験から、家で家族と過ごすより、できるだけ子ど

幼稚園の運動会（5歳）

もたちの中で過ごすほうが刺激も多いし、成長にも良い影響を与えるのではないかと思い、二歳半になったとき、近くの幼稚園のエンジェルクラス（入園準備クラス）に入りました。それは、週に一度、母親といっしょに参加するクラスでした。その幼稚園ではモンテッソーリ教育が行われていたので、静香にはちょうどよいのではと思い、通うことにしました。

モンテッソーリ教育というのは、イタリア人の医師モンテッソーリが知的障害児のために考案した感覚教育法です。

幼稚園では、手先を使ういろいろな遊びの道具が、一つずつ小さなトレーにのせられていて、子どもたちは好きなトレーをテーブルに持ってきて遊びます。それを「お仕事」と呼んでいました。紙をはさみで切る「お仕事」やホッチキスで止める「お仕事」、ノリで貼ったり、シールを貼ったりする「お仕事」、粘土やパズルもありました。

幼稚園は、静香にとって初めて経験する大きな社会でした。たくさんの子どもたちといっしょに、同じことをしなければなりません。当然のことですが、同年代の子どもとの体力的な差や知的な発達の差は歴然と見られました。ほかの子どもたちはとても楽しそうに、次々といろいろな「お仕事」をしていましたが、静香にはむずかしいものばかりでした。筋力が弱いため、手先が器用でない静香は、トレーを一人で持つことすらむずかしく、小さなシールを貼ることやノリを付けて貼るという手順を理解することもできませんでした。

ほとんどなにもできなかったので、妻は何度もやめようか、と思ったそうです。しかし、静香のようすを見ていると、「お仕事」をやりたいという強い気持ちが伝わってきたので、私も、ときどき、妻の代わりに出かけて、静香がやりたい「お仕事」を手伝いながら、結局、最後まで通い続けました。

エンジェルクラスには一年半通い、四歳のときには、週三回通うつぼみ組に編入しました。つぼみ組もエンジェルクラスと同様の「お仕事」をしますが、今度は子どもだけです。静香は、つぼみ組で初めて私たちと離れた時間を過ごしました。最初の一日は泣いてばかりいたようですが、二日目からは楽しく過ごせるようになりました。

つぼみ組に半年通い、幼稚園の年中クラスに編入しました。幼稚園では、静香は自分ができる「お仕事」を探して、一生懸命取り組んでいました。先生が手伝ってくださったり、ていねいに教えてくださったり、また、年長クラスの子どもたちが静香のサポートをしてくれることも多かったようです。

静香は幼稚園での出来事を、まだじょうずに説明できなかったので、どんなことを楽しんでいたのかよくわかりませんでしたが、一日たりとも「行きたくない」と言ってぐずることはありませんでした。毎日新しいことを経験する幼稚園での生活は、静香にとって心躍る日々だったのかもしれません。

なによりも友達とのかかわりが一番の楽しみだったのではないかと思います。それは、幼稚園に入ると静香の言葉がぐんと成長したことからもうかがえます。友達の遊び方や言葉をよくまねするようになり、私たちも新しい静香を発見することが多くなりました。

妻のまなざし⑦

静香は、楽しい幼稚園生活を送ってはいましたが、少しストレスを感じていたのかもしれません。このころの静香は、私の注意を引こうと必死で、家では一日中「おかあさん、おかあさん」と言い続けていました。私がそばにいないと、コップの水をこぼしたり、壁やじゅうたんに落書きしたりしては私の注意を引こうとしましたので、ほとんどの時間は静香につきっきりでした。

夫と話をしても気に入らないようで、夫と会話をすると、食べなくなったり、着替えをしなくなったり、大事な書類を破いたり、と手がかかりました。幼稚園の親子の集まりでも、ほかのお母さんと少しでも話そうとするもの

ちょっぴり不安そうな静香（4歳）

なら、どこかへ走って行ったり、かばんやくつを投げたりと手がつけられない状態になり、親子の集まりに参加しても、静香と私だけ孤立してしまうこともありました。私のそばから離れない静香にイライラしたり、体がしんどくなることもありました。

筋力の弱さは相変わらずで、お絵かきしようと思っても、ペンのふたやクレヨンの箱のふたを開けられなかったり、絵本を本棚から出せなかったり、とあらゆることに介助が必要でした。なんとか静香が一人でおもちゃを出したりできるよう、置き場を考えたり工夫したりしましたが、それでも一人で遊ぶことができず、ずっと私がそばについていなければなりませんでした。

冬場は肌が乾燥し、クリームをぬって加湿しても、ほっぺが真っ赤に荒れて、唇は割れて血が出ていました。寝ているときは手足や顔が冷たくなり、夜中に何度も起きて掛布団をかけてやっていたので、朝まで熟睡したことはありませんでした。

夏場はあせもがひどく、エアコンをつけて寝ても、こまめにシャワーをしてもなかなか治りませんでした。そのうえ、聴覚が敏感なため、少しの音で起きてしまうので、私もそのたびに起きて寝かしつける毎日が続きました。

また、体力があまりなく、一年に何度も溶連菌《ようれんきん》に感染し、熱を出しました。薬を飲むだけでは治らなくて、必ず数日間点滴をしなければならず、入院したこともありました。

今から思えば、このころが一番大変でした。なにからなにまで手がかかり、疲れ果てて笑顔になれない日もありましたが、とにかくがんばらなければ、と自分に鞭《むち》打って毎日を過ごしていたように思います。

ピアノ

静香は音楽が好きでしたので、きっと楽しめると思い、三歳のとき、リトミック教室に通い始めました。教室では、五、六人の子どもたちとそのお母さんたちが、いっしょに歌ったり踊ったりします。じょうずにできないことや、集中力が続かず、興味のない曲を聞かされたりすると、とたんにやる気がなくなってしまうこともありましたが、習った歌や踊りを家で楽しそうに披露《ひろう》してくれることも多く、「リトミックに行くよ」と言うと、うれしそうな顔をしていました。

一年間、リトミック教室に通ったあとは、個人レッスンでピアノを習い始めました。一度グループレッスンも試しましたが、ほかの子どもたちに合わせて同じことをするのはむずかしかったので、静香のレベルやペースに合わせてもらえる個人レッスンに変更しました。

レッスンはピアノをたたいて音を出すことから始まりました。数か月後になってようやく、指一本で音を出せるようになりました。本当にゆっくりでしたが、少しずつ音が出せるようになっていきました。

ピアノの先生は、静香が音を間違っても、「おしい！」と言って、正しい音を教えていました。静香は「違う」とか「ダメだよ」などと否定されると、へそを曲げて言うことを聞かなくなる子でしたので、先生のレッスン方法は、私たちにとっても見習うべきところが多々ありました。

また、先生は五線紙やドリルを使って、四、五年かけて静香に音符や楽譜の記号を教えてくれました。静香は大きな画用紙に音符の○を書くことから練習し、レッスンのつど、わずか五分くらいでしたが、何度も同じ説明を聞き、音符が読めるようになっていきました。

先生のレッスンは、まさに「継続は力なり」という言葉そのものでした。その歩みはゆっくりでしたが、少しずつ上達していく静香のピアノの演奏に、私たちは驚きを感じていました。静香はすばらしい能力を持っているということ、そして、一生懸命努力ができるのだということを実感し、根気よく教えることの大切さを改めて感じました。

なにかできることが一つでもあれば、静香も自分に自信がつくのではという期待と、一生懸命がんばってハードルを越えていくことの楽しさや達成感を静香に感じてほしい、という思いから始めたピアノでしたが、うれしいことに、静香はどんどんピアノが好きになっていきました。

英語

四歳からは英語を、アメリカ、カナダ、フィリピン、イギリスなど、いろいろな国の先生に習ってきました。英語もピアノもそうですが、技術や言葉を学ぶだけでなく、いろいろな先生との会話やかかわり方も学んでほしいと思いました。親との会話だけでなく、違う言い方や反応、ふだんとは異なるさまざまなコミュニケーションにも慣れてほしかったのです。静香は、元来、言葉に強い興味を持っていたので、英語の勉強も楽しそうでした。

5 小学校生活

小学校見学

小学校に入学する前の年、私たちは近くの公立小学校を見学したいと思い、いくつかの小学校に電話をしました。

最初に電話した小学校には見学を断られました。再度連絡し、なんとか頼み込んで見学させてもらいましたが、特別支援学級（以下、支援学級）の教室とプールサイドで体育の授業をする子どもたちのようすを見るだけでした。次に電話した小学校にも見学を断られ、支援学級の児童数すら教えてもらえませんでした。

途方に暮れて、三つ目の小学校に電話したところ、電話に出られた教頭先生は、意外なことに、「どうぞ、どうぞ、見に来てください」と、とても好意的に私たちの申し出を受け入れてくれました。

さっそく行ってみると、教頭先生と校長先生がニコニコ顔で出迎えてくださり、支援学級だけではなく、学校の隅々まで案内してくださって、支援学級のあり方や学校での教育方針など、事細かにていねいに説明してくださいました。小学校はここしかないと思い、すぐにその学区に引っ越しました。

支援学級と交流学級

こうして、静香は、公立小学校の支援学級に通うことになりました。小学校は、入学に際して、体の小さな静香のために、足台を作ってくださったり、おむつに着替えるスペースをトイレに作ってくださったりと、静香が不自由のないよう、さまざまな工夫をしてくれました。

入学当初、なにもかも初めての経験で緊張の連続だった静香に、担任の先生はいつも親身になって寄り添ってくれました。静香は先の予定がわからないと不安になって動かなくなることがありましたので、なにかをする前には必ず、写真や絵でようすを示したり、スケジュールを細かく説明するなど、工夫された指導をされていました。

支援学級では、国語や算数は静香のレベルに合わせた個別指導が行われ、月に一度は学級での誕生日会やクリスマス会など楽しい行事があります。こうした行事に向けて、プログラムやプレゼントを作ったり、調理実習、劇や合奏の練習をしています。そのような取り組みによって、子どもたちは言葉の理解を深め、手先の器用さが必要な図工や音楽の学習にもつながり、そしてなによりも、子どもたち同士の関わり方を学ぶことができているようです。

担任以外の先生たちも、静香に声をかけ、休み時間に関わりを持ってくれたり、時には授業をしてくれたりしています。

このように、小学校では支援学級へのサポート体制が十分にとられ、想像していた以上に学校教育が良い方向に進んでいることに驚くと同時に、教育のすばらしさを痛感しています。

遠足にて。「しーちゃん、いっしょに歩こうね」（9歳）

支援学級と普通学級との交流も多く、静香も音楽や図工、生活の授業、運動会や社会見学、遠足といった行事などは、普通学級の子どもたちといっしょに学習しています。また、縦割りでの活動もあり、ほかの学年の子どもたちと給食や遊び、掃除などをする時間があります。支援学級を知ってもらうような取り組みもあり、静香にはたくさんの友達ができました。

校長先生は、「静香ちゃんが普通学級で学ぶことは、静香ちゃんと普通学級の子どもたち両方にとって意味のあることでなければならないし、お互い得るものがなければならない」と話してくれました。子どもたちは静香と関わることで、思いやりの気持ちややさしい気持ちを持つことや、互いに助け合うことの大切さを学んでいます。静香も普通学級の子どもたちといっしょにできることはがんばってチャレンジしています。

遠足や山登り、持久走など長距離を歩いたり走ったりすることは、筋力が弱い静香にとっては大変なことです。それでも、いつもたくさんの友達が荷物を持ってくれたり、手を引いてくれたり、ゆっくり歩いてくれたりして、静香もクラスの友達といっしょにゴールすることができます。そんなときは静香だけでなく、支えてくれた子どもたちもとてもうれしそうな笑顔を見せてくれます。

また、遠足などで静香と同じ班になってくれる人を募ると、うれしいことにたくさんの子どもたちが手を上げて「しーちゃんと同じ班になりたい」と言ってくれるそうです。近所を歩いていても、ほかの学年の子どもたちが、「しーちゃん、こんにちは」と声をかけて手を振ってくれます。

引っ越した甲斐あって、小学校ではすばらしい先生方や友達に恵まれ、静香は日に日に成長していきました。

問題行動

しかし、小学校生活ではストレスや不安を感じる場面もあり、静香はときどき問題行動を起こしました。トイレに閉じこもったり、校庭の端に走って行って戻らなくなったり、友達をたたいたり、砂をかけたり、ボールを道路に投げたり、一番びっくりしたのは二階の渡り廊下から鍵盤ハーモニカを一階に落としたことです。先生の気を引きたかったのか、友達と遊びたかったのか、うまく言葉で伝えられなくてそうした行動に出たようです。静香には、そのつどきびしく叱《しか》るのですが、どのくらい理解しているのかわかりませんでした。

このような問題行動を含め、校外学習での対応や、静香がなにを困っているのか、どのようなサポートが必要なのかなど、たびたび先生に説明し、場合によっては、校長先生が相談に乗ってくださいました。

校長先生は、「いつでも話に来てください」と言ってくださっていますので、私たちはたいへん心強く、安心して静香を通わせることができています。静香の学校生活を少しでも実りあるものにするためには、先生との連絡や相談を密にすることが大切だと実感しています。

課題

小学校入学後の大きな課題はトイレや食事でした。入学後に何度もトイレ・トレーニングをしましたが、うまくいきませんでした。四年生になってようやくおもらしがなくなってきて、五年生からは安心してパンツで登校できるようになりました。

給食では、箸《はし》やストローが使えず、スプーン、フォーク、コップを持参していました。大きなおかずを小さくするためのはさみも持参して、先生に切ってもらっていました。

三年生くらいまでは、まだまだ筋力が弱く、傘がさせなかったり、重い荷物を持てなかったりしました。ふでばこもマグネット式のものは開けられなかったので、ファスナーのものを使っていました。えんぴつのキャップも外せなかったりなど、いろいろな不便があったので、妻は静香が一人でできるようにと、開けやすい袋を作ったり、脱ぎ着のしやすい服や靴を探したりしていました。

学校生活を楽しく送るにはいかに体力が必要かを痛感し、入学してから、私は毎日のように静香を家の近所の京都御所へ散歩につれていくようにしました。砂利道や根っこや草だらけの土の道を、三十分くらい歩きました。足元が不安定なところだと、体のバランスをとるのに筋力を使うと思ったからです。

ゲーム

支援学級では、授業や遊び時間にオセロやトランプ、ジェンガなどいろいろなゲームを教えてもらい、それを家でもするようになりました。静香はゲームを楽しみながら、ルールを理解したり、順番を守ったり、勝ち負けや駆け引きの楽しさを覚えていきました。

なかでも二年生のときに、クリスマス・プレゼントとして贈った「人生ゲーム」は大のお気に入りで、今でも、毎日のように家族でしています。静香は、ゲームをするプレーヤーになるよりも、お金を計算する銀行の係をすることが

いとこたちとおばあちゃんと「人生ゲーム」を楽しむ（9歳）

大好きです。

また、パズルにも熱中するようになったので、世界地図や日本地図のパズル、国旗パズルや太陽系のパズルなど、遊びながら知識が増えるようなパズルをたくさん買って、いっしょに遊びました。

スゴロク

小学校一年生の算数の教科書の付録にスゴロクがついていました。一年生のころはまだ数を数えられなかったので、スタートからゴールまでむちゃくちゃ

5年生の夏休みに自由研究で作った「どうぶつスゴロク」

に進みながら遊びました。静香はこのスゴロクが大好きで、何十回も遊んでいるうちに、だんだん進み方を覚え、ゴールする楽しさがわかってきました。けれども、薄い紙でできていたスゴロクは、そのうち破れてしまいました。

　そこで、妻は静香が興味を持つような事柄や、静香の知識が増えていくような内容を考え、さまざまな種類のスゴロクを作りました。それらは、世界旅行スゴロク、新幹線スゴロク、山登りスゴロク、京都の町スゴロク、漢字スゴロク、都道府県スゴロクなどです。
スゴロクは、サイコロの目を見たり、コマを動かしたりと、数を数えることが多く、数の概念を体で感じることもでき、算数の勉強にもなりました。最初は、サイコロの目の数どおりに、きちんと進めなかったのですが、どんどんやっているうちに、「二つすすむ」「三つもどる」などのむずかしい指示にも対応できるようになっていきました。

妻のまなざし⑧

最初に作った世界地図スゴロクは、私が子どものころに遊んでいた世界旅行ゲームをまねしたものです。聞いたことのない世界の国や都市の名前が世界地図の上に並んでいて、旅行鞄《かばん》の形をした駒を進めていくゲームは、とても楽しかった思い出があります。静香も楽しんでくれるのではないか、と作ってみたところ、とても喜んで遊んでくれました。静香に色をぬってもらったり、シールを貼ってもらったりして、いっしょに作るのも二人の楽しみになりました。

日記と手紙

小学校に入ってから、言葉や文字の習得方法の一つとして、日記や手紙を書かせていました。

日記は、最初のころは、文章が作れず、字もうまく書けなかったので、妻や私がいっしょになって、静香がその日の出来事を思い出すようにうながし、静香が話すとおりに鉛筆でうすく下書きをし、それを静香がペンでなぞっていました。そうしたことを繰り返すうちに、一人で文章を考え、文字を書けるようになっていきました。

その次は、絵日記にも挑戦し、その日の思い出の出来事を絵にして、つけ加えるようにしました。イメージしたことを絵にするのは、なかなかむずかしいようでしたが、静香の絵はとてもおおらかで、ユニークなものが多かったので、毎日、絵日記を見るのが楽しみになっていきました。

また、手紙もよく書きました。祖父母がプレゼントをくれると、必ず礼状を書くようにしました。旅行に出かけたときなどにも、絵葉書を送ったりしました。祖父母にしばらく会えないときには、学校での出来事などを書いて送りました。このような手紙の裏や空いたスペースには、いつも色鉛筆で祖父母の似顔絵を描きました。手紙を出したあと、静香は家の郵便受けをのぞいては、祖父母からの返事が届くのをとても楽しみに待っていました。

目の前にいない人に思いをはせることや、感謝の気持ちを伝えることができるようになれば、と思って始めたのですが、祖父母が静香の手紙を喜んでくれたり、ほめたりしてくれることで、静香はますます字や絵を書くことが好きになっていきました。

妻のまなざし⑨

小さいころから私は、離れて暮らす祖母や母の叔母に、夏休みの家族旅行の際に絵葉書を送ったり、お年玉をもらったときなどにお礼状を書いていました。祖母たちはいつも手紙を喜んでくれましたので、書いた私もうれしい気持ちになりました。静香にも、そのような経験をしてほしいと思い、機会を見つけて手紙を書くようにうながしました。

おじいちゃんのアトリエで絵を描く静香（4歳）

今では、自分の意思で手紙を書くようになり、私や夫にも「いつもありがとう」という内容の手紙をよく書いてくれます。

絵を描く

静香は小さなころから、洋画家だった義父のアトリエで絵の具を使って絵を描いていました。形を描くことはむずかしかったので、ただ筆を使って絵の具を混ぜたりぬったりして、遊んでいるようでした。集中力が続かず、すぐ終わってしまうこともありましたが、義父はニコニコしてなにも言わず、自由に静香に絵の具を使わせていました。

じょうずに描けないけれど絵の具が大好きで、ニコニコして「絵の具したい！」と言いましたので、家でも休みの日には水彩画を描いて遊びました。一年生のころは、まだうまく絵の具を扱えませんでしたが、何度も描いているうちに、水のつけ方や筆の使い方がうまくなっていきました。そのうち家にある図鑑やぬいぐるみなどを見ながら形をかけるようになり、鉛筆でデッサンをして、その上をクレパスでなぞり、最後に絵の具でぬりました。見ながら描いているのですが、静香は、私たちのように見たままの姿を描きません。心の中にある対象物の姿を描いていました。色使いもとても美しく、明るくて、私たちにはまねできないものでした。

妻のまなざし⑩

アトリエにあるたくさんの油絵や家の壁に飾られた父の絵を、いつも目にしている静香は、「おじいちゃんみたいにじょうずに絵が描きたい」とよく言います。おじいちゃんといっしょに絵の具で遊んだ楽しい経験が、絵を描きたいという意欲につながっていったのだと思います。大好きな人と楽しい経験をすることが、子どもの心に大きな幸せをもたらす、ということを改めて感じました。

小学校五年生の静香

「朝ごはんはなに？」

静香の一日はいつもこの質問から始まります。妻がメニューを答えると、その次には、「きょうは晴れ？」とたずねます。雨の日が嫌いな静香は、「晴れてるよ」と聞くと安心して笑顔になります。

朝食のあと、赤いランドセルを背負った静香は、大きな声で「行ってきます！」と言って、私と二人で学校に向かいます。学校のそばの交差点を渡ると、「一人で行く！」と言って五〇メートル先にある学校まで一人で歩いて行きます。私は「気をつけて」と声をかけ、静香が学校に入るまで、遠くからずっと見守っています。

給食は、おかわりする日もあるほどたくさん食べられるようになりました。友達の影響や先生の指導のおかげで、箸やストローも使えるようになり、好き嫌いも少なくなりました。

放課後は学校運営協議会主催の茶道教室や水彩画教室、「放課後まなび教室」（図書室での自習）などに参加し、楽しく学んでいます。

帰宅すると、勉強が大好きな静香は、宿題だけではあきたらず、妻が作成した学習プリントを何枚もやります。最近は、九九や筆算、分数、都道府県や世界地図を勉強しています。

ピアノも毎日練習し、今では童謡やアニメソングなど三十曲以上を両手で弾けるようになりました。

夕食のときは、「〇〇くんが太鼓を鳴らすのよ。すごく大きな音なの！」「きょうは理科の実験をしたの。顕微鏡で宝石を見たの！」など、友達のことや先生のこと、楽しかった授業のことなど、その日の学校での出来事をいきいきと話してくれます。

テレビのニュースで、災害や事件の映像が流れると、「かわいそうに」「大変

プールが大好きです。泳げるようになりました（10歳）

だね」などと感想を言ったり、外国のニュースを見ると、「これはどこの国？」「これはなにをやってるの？」などと質問をしたりします。

お風呂では、一人でシャンプーをして、着替えや歯みがきも一人でできるようになりました。鏡を見ながら髪の毛を自分の好みの髪型にとかしたり、顔にクリームをぬったり、妻にマニキュアをぬってもらったりと、女の子らしい一面も見られるようになってきました。

毎晩寝る前、静香は好きな絵本や図鑑を選んで布団の中で私に読んでくれます。静香に本を読み聞かせていた日々をなつかしく思いながら、同時にじょうずに読めるようになった静香の成長をうれしく思い、読み聞かせに耳を傾けています。

休みの日の朝、静香はようやく背が届くようになったキッチンに立って、卵焼きを作ります。やけどしないかと、そばで見守る私に、「大丈夫、一人でできるから！」と言って、フライ返し片手に、おいしそうな卵焼きを作ります。二人でカレーを作るのも、休みの日の楽しみの一つです。手を切らないかと、はらはら心配する私に、「大丈夫だから。心配しないで」と言って野菜を全部切ってくれます。クッキーやケーキを作るのも大好きで、できあがると、かわいい袋に包んでプレゼントしてくれます。

最近のブームは、近くに住む祖母の家でカラオケを歌うことです。祖母とはかくれんぼをしたり、工作をしたりと、仲良しの友達のように、次から次へと遊びが続きます。

家では、テレビゲームをしたり、歌の絵本で遊んだり、ぬりえやアイロンビーズをするなど、一人でいろいろ考えて余暇を過ごせるようになりました。洗濯物をたたんだり、掃除をしたり、食器を洗ったりするなど、手伝いもよくしています。

なにかを習得するまでのあいだ、そして壁を乗り越えるため、静香は私たちには見えない努力や工夫をしていたのでしょう。静香には、いつも「こんなことができるようになりたい」という目標があったのかもしれません。そして、同時に、そこにはいつもまわりの人たちのやさしさや励ましがあったことと思います。自らの力で前に進んできた静香のがんばりに拍手を送ってやりたいと思います。

妻のまなざし ⑪

「これはできるかな」という気持ちが、「もっと練習したらできるかな」に変わり、「教え方が悪いのかな」と自分を責めたり、「もう少ししたらできるかな」と期待したりしました。次は、「いつになったらできるんだろう」とイライラして、「この子はできないのかな、もういいか」とあきらめることもありました。

半年、一年経って試しにやってみたとき、「できた！」ということがよくありました。それくらい一つのことを習得するのに長い時間がかかりました。

静香は九歳くらいから急に体が大きくなり、筋力もついてきました。そのおかげで、できることがぐんと増え、それと同時に積極性や意欲も、今まで以上に出てきたように思います。

なにかを習得するには、子どもそれぞれに時期があるということを思い知らされ、自分がいかにあせりすぎていたかを反省しました。「ダウン症の子はゆっくり育つ」ということの意味が、今になってやっと理解できたように思います。

お箸が使えたり、算数の計算ができたり、漢字が書けたり、なにかができるようになることは、私にとっても静香にとってもうれしいことでした。

けれども、それが目的で育ててきたわけではありません。

勉強して新しい知識が増える楽しさや、努力してなにかができるようになったときのうれしさを知ってほしいと思いました。なにかできるようになったときの静香のうれしそうなかわいい笑顔を見ると、私もうれしくて笑顔になりました。静香にとっては私の笑顔が、私にとっては静香の笑顔が、二人の次なるチャレンジへの原動力だったように思います。

静香が赤ちゃんだったころ、玉井先生から言われた言葉があります。

「子どもの意欲を育てなさい」。

意欲を育てる方法は、どんな本にも書かれていませんでした。先生のこの言葉は、私にとっていつも大きな課題でした。静香が、どうしたら意欲を持ってくれるのか、話したい、遊びたい、知りたい、○○ができるようになりたい、と思ってくれるのだろうか。そうしたことをいつも考えながら子育てをしてきました。

今、私なりの答えを出すとするなら、それは、「静香の心に寄り添う」ということだったように思います。

私たちは、こうして静香を育ててきましたが、その過程では、ひどいことや嫌なことを言われて、つらく悲しい思いをしたことがなかったわけではありません。それは静香が生まれたことに原因があるのではなく、周囲の人たちの障害に対する理解の低さや受けとめ方に原因があるのではないか、と今では考えます。

かわいそうな人たち

療育手帳を取得すると、タクシーが一割引になりますので、私たちは、たまにタクシーを利用することがありました。

あるとき、降車の際、タクシーの運転手さんに療育手帳を見せたところ、運転手さんは静香の顔をまじまじと見て、「そんなふうに見えないけどな。かわいそうに」と言いました。私たちは、それまで静香のことを「かわいそうに」と思ったことがなかったので、その言葉に軽いショックを受け、それと同時に強い反感を抱きました。運転手さんのほうが、そんな気持ちしかもてない「かわいそうな人」だと思いました。

この経験を通して、世間の人たちの中には、障害に対して「かわいそうに」という感情を持っていることを、改めて知ることになり、しばらくは、療育手帳を提示することにためらいを感じていました。

障害に対してマイナスのイメージを持っているのは、世間の人たちだけではなく、残念なことに、家族や親族の中にもいました。

静香が生まれたとき、私の母や妹から、「なぜ出生前診断を受けなかったのか？　知らなかったのか？」と、まるで静香が生まれたのは私たちの過失であったかのように言われ、たいへんショックだったのを覚えています。

静香が小学校に入学する前までは、静香のことを理解してほしいという思いから、定期的に実家に帰省し、交流を続けていました。しかし、両親や妹は、静香のことを理解しようとしなかっただけでなく、親族や近所の人たちに静香がダウン症であることを隠していました。九州で一人暮らしをしていた静香の曾祖母《そうそぼ》は、亡くなるまで静香に会うことはありませんでしたが、それは母が静香を曾祖母に会わせないように、と私に懇願していたからです。母は、私に妻と離婚して帰ってきてほしいとまで言いました。

そんな両親や妹でしたので、しだいに、私たちを遠ざけるようになっていきました。会うことも少なくなり、電話がかかってくることもなくなっていきました。まるで、私たちの存在、静香の存在を消したいかのようにさえ感じました。

父からは、私や静香に財産を残したくない、とまで言われ、なぜこのようなつらい思いをしなくてはならないのかと、困惑と怒りで気持ちがおさまらない日々を過ごしていました。

何度も静香のことについて話し合いの機会を設けようとしましたが、両親はまったく聞く耳を持とうとしませんでした。障害があるということは、恥ずかしいことでも隠さなければならないことでもないということをわかってほしい、家族ならわかり合えるのではないか、そう思って幾度となく気持ちを伝えましたが、両親や妹の態度が改まることはありませんでした。

このようなことがあったので、静香の将来のことも考え、私たちは両親や妹家族との関係を断つことにしました。彼らへの憎しみや、身内に裏切られたくやしさよりも、むしろそのような考えを持っている人たちが、静香の近くにいることのほうが不安だったからです。

両親の束縛《そくばく》から解かれたことで、私は親族の人たちや実家の近くに住む知人に静香のことをオープンに話すようになりました。そうしたところ、ほとんどの人たちは、静香のことを受け入れ、理解を示してくれ、私たちを励ましてくれたのです。

障害に対する理解が広がっている現在の日本においても、残念ながら、障害者を差別し、障害に対して理解のない人たちがいると思います。本来であれば、障害のある子を慈《いつく》しみ、守っていくべき家族や親族の中にさえも、そのような人たちがいることを、今回の経験を通して、私は深く認識するようになりました。

障害に対して理解のない人たちのことを、かわいそうな人たちだと思います。障害のあることが不幸と思うかどうかは、その人の生き方や気持ちの持ちようにかかっていると思います。「障害＝不幸」という考え方を持つ人たちは、ほかのどんなことでも同じように杓子定規《しゃくしじょうぎ》に考え、たとえば、お金がないことは不幸だというように、自ら不幸に向っていっているのではないか、と思わずにはいられません。

家族との断絶という結末となりましたが、私は義父のアドバイスを支えに、ものごとを良い方良い方に考えるようにし、前向きに生きていこうと努力していました。

それでも、人生にはいろいろな試練があります。静香が小学校三年生のとき、義父が病気で亡くなってしまいました。入院中も最期まで静香に笑顔を見せ、静香を愛してくれた一番の理解者を失ったことの喪失感は、計り知れないものでした。

私たち夫婦は、義父を失ったあと、何か月ものあいだ体調を崩し、起き上がれないような日もありました。しかし、静香は、毎日元気に学校に通っていましたので、なんとかもう一度気力を取り戻し、前向きな気持ちで静香を育てていこう、と必死の思いで生活をしていました。

旅先にて（7歳）

そんなころのことでした。静香の詩が入選したというビッグ・ニュースが入ってきたのは。

6 私たちの選択

「ホーホー」

ホーホーとなきます。
パサパサととびます。
くらいところにいます。
さがしてみてね。
きょうのよる
まっています。

小学校四年生のとき、静香は学校で初めて詩を勉強して、自分で詩を作りました。「ホーホー」という題名の詩です。

この詩を読んで一番驚いたのは、大好きなフクロウのことを想像して、フクロウの気持ちを考えて、それを言葉で表現していることでした。そして、静香が「詩」を書いたということにも、大きな成長を感じました。詩は作文のように長い文章で説明するものではなく、短い言葉の中に気持ちや状況を表すものです。そのような書き方をまねて、これだけの短い言葉の中に、情景や気持ちを表すことができていたことに喜びを感じました。静香の心と言葉は私たちが夢見ていたように、いや、それ以上に、素直に、子どもらしく、清らかに成長していたのです。

静香がフクロウをテーマにしたことには、理由があります。静香の筋力を強くするために、静香と私は毎日夕方になると、家の近くの京都御所に散歩に行きます。御所にはたくさんの大きな木があり、カラスやハト、とんび、すずめ、そのほか名前の知らないいろいろな鳥が飛んでいました。ちょっと歩くと疲れ

京都御所にて（11歳）

て止まってしまう静香に、「鳥さんどこにいるかなあ、今の声はなんの鳥かなあ」などと言いながら、鳥探しを楽しみに歩かせていました。

ある日、ホーホーという声が聞こえました。ハトだったのかもしれません。けれどもフクロウがホーホーと鳴くことを絵本で知っていた静香は、「ふくろうさんだ！」と大喜びで木々のあいだを走りながらフクロウ探しを始めました。大きな木にあいた穴を発見して、「ふくろうさんのおうちだ」と言いながら、空き家の穴をのぞいて、「ふくろうさんどこに行ったのかなあ?」と思いをめぐらせていました。

この詩は、静香の御所での楽しく不思議な経験から生まれたものなのです。

妻は、喜びのあまりこの記念すべき初めての詩を、第十九回「NHKハート展」に応募しました。するとなんと、この詩は入選し、その後、私たち家族はNHKの福祉番組「ハートネットTV」で紹介されることになったのです。

テレビには、家族で動物園や京都御所に出かけているようすや家でスゴロクをしているようす、静香が絵本を読んだり学校で活動しているようすが映っていました。

なかば祈るように育ててきた静香の健《すこ》やかに成長した姿を見たとき、私たちは言いようのない幸福感に包まれました。そして、少しだけ肩の荷が下りたような、張りつめていた糸が緩んだような、ほっとした気持ちになりました。きっとテレビで見た自分たちの姿が、これまで読んだ本に紹介されていたような幸せなご家族や、ダウン症のお子さんとの楽しい日常と重なったからだと思います。私たちは、目標にしていた生活をいつのまにか手にしていたことに気づかされたのです。

この番組を境に、「もう大丈夫だよ」と自分自身に、そして静香にも言えるようになっていきました。そして、ほんの少し心に余裕が出てきた私たちは、本書の執筆を始めたのです。

妻のまなざし⑫

父を亡くしたことで気持ちがふさぎ込んでいた私を、静香のかわいらしく穏やかな詩が救ってくれました。入選の知らせを受けたときは、夢ではないかと思いました。

「この子にはハンディがあるかもしれへんけど、どんなすばらしい人生が待っているかわからへん。悲観したらあかんで。人生は良い方、良い方に考えていかなあかんで」という父の言葉は本当でした。

これからも私たちの人生にはいろいろなことがあるだろうけれど、どんなときも、うつむいて泣いていてはいけない。希望を持って、楽しみを持って生きていれば、きっとまたうれしいことや幸せなことがあるのだと、

「ハート展」の展覧会場にて（10歳）

大好きなフクロウと家族で記念写真（11歳）

そう信じられるようになりました。

私たちのたからもの

静香には、人を幸せにする力があると思います。静香とふれ合い、かかわることで、あたたかい気持ちになったり、やさしい気持ちになったり、思いやりの気持ちを持つことができるからです。このような経験は、私たち夫婦だけのことではなく、周囲の大人たちや学校の子どもたちも、きっと似たようなことを感じているのではないでしょうか。静香のテレビ番組を見た方々からも、「あたたかい気持ちになれた」「癒《いや》された」「やさしい気持ちになった」といった感想が寄せられました。

私たち夫婦も、静香を通して、周囲の人たちのやさしさや思いやりに接し、助けられ、励まされてきました。

静香といっしょにいると、今まで知らなかった人間のあたたかさに気づかされます。そして、静香と共に生きるこの世界が、きらきらと輝いて見えます。

静香は、私たちみんなの「たからもの」です。「たからもの」を大事にすることで、私たちは、たくさんの幸せを得ているのです。

私たちの願い

最近、新型出生前診断によって、生まれてくる前にダウン症かどうかがわかるようになりました。生まれてくる子がダウン症などの染色体異常と診断された場合、ほとんどの人が中絶しているそうです。そんなニュースを聞くと悲しい気持ちになります。

ダウン症とわかって中絶してしまう人たちには、きっといろいろな事情があるのだろうと思います。

もしかしたら、障害のある子どもやその家族は不幸になるのではないかと不安なのかもしれません。あるいは、障害のある子がいれば経済的に大変になるのではと心配なのかもしれません。どうやって育てたらいいのかわからないと思う人もいるはずです。

障害のある子が生まれても、不安なく育てていける社会であれば、「いのちの選択」をしなくてすむのかもしれません。そして、なによりも、世の中の人たちが正しい知識を持ち、障害のある人たちと共に生きる社会の実現をめざしていけば、障害そのものが障害でなくなってしまうように思います。

「タンポポ教室」のような療育機関が増えていくこと、さらには、そうした機関を無料で利用できるような補助があれば、子育ての不安や経済的負担が少しでも軽減されるのではないでしょうか。障害のある子が生まれたときに、専門医やカウンセラーなどの専門家チームが家族のケアをするようなシステムがあったら、どんなに安心なことでしょう。また、小・中学校での普通学級と支援学級の交流を増やしたり、障害についての専門的な知識を持つ先生が増えていけば、学校生活がより楽しく、充実したものになるだろうと思います。

私たちは、ダウン症の子どもを授かり、その子と共に生きるという人生を与えられました。結果的には、「いのちの選択をしないという選択」が、静香と出会う最初の一歩だったのです。そして、その選択は、静香にとっても、私たちにとっても、心豊かで幸せな人生を送るための最高の選択だった、と確信しています。

静香の言葉

「お母さんのことが大好きだから生まれてきたんだよ」

これは静香が九歳のときに妻に話した言葉です。私たちはこの言葉に涙しました。そのとおり、静香は生まれてきてくれたのです。小さな小さな「いのち」が私たちに与えられたのだと思いました。

これまで、下を向きそうになった日もありました。でも、その小さな「いのち」を私たちなりに必死に育んできた結果、それはいつしか私たちの「たからもの」になり、「たからもの」は私たちにたくさんの幸せを届けてくれるようになりました。

障害のある子を育てることは決して不幸でもつらいことでもなく、ふつうのことである、と思えるようにもなりました。授かった「いのち」を大切に育てることは、人間として当然の行為だからです。

確かに、静香を育てることには不安もあり、根気もいりましたが、その成長は、喜びと感動の連続でした。小さなつぼみがゆっくりと一つずつ花咲くように、生まれもった能力が一つずつ花開いていくようすに、静香の「生きる力」を感じました。

静香にはまだまだできないことがあります。でも不思議なことに、今はそれを悲しいとは思いません。残念だとも思いません。

「人はそれぞれ違っていて当たり前」なのですから。

──「きつつきのしょうばい」

ぶなの森に秋がきました。

月がきれいなよるです。

ふくろうがやってきました。

「こんばんは。きつつきさん。」

もりのずうっとおくふかく、
きつつきにあいにきました。

「ようこそ。ブナの森へ。」

ときつつきが言いました。

二人は大きな木の下にとんでいきました。

もみじやいちょうのはっぱがいっぱいおちています。

「お口をとじて目をとじてきいてください。」

ときつつきが言いました。

パラパラパラ
おちばのおとです。
もみじのはっぱがおちてきました。
「とてもきれいなきょくね。」
と言ってふくろうはうっとりきいていました。
そしてホーホーとなきました。

この文章は、国語の授業で『きつつきの商売』（林原玉枝 作）という作品を勉強したあと、その続編を作るという課題で、静香が考えて書いたお話です。

静香は心の中に豊かな感情と言葉を持っています。それらは、文章や絵にすることで、より素直に表現できるようです。

静香の心の世界が今後もますます大きく広がり、そのあたたかい言葉や音楽や絵がまわりの人たちを笑顔にしてくれること、そして、静香が幸せな人生を歩んでくれることを願ってやみません。

おわりに

私は、静香の父親であると同時に、社会と人間の関係を考える社会人類学者でもあります。静香が生まれたときから、一人の父親として、そして学者として、静香の成長や静香を取り巻く社会の状況を興味深く観察してきました。以下では、人類学者としての思いを簡単に述べさせていただきます。

静香が生まれてまず思ったことは、障害があっても幸せに生きていってほしい、ということでした。この気持ちは、障害のある人が生きやすい社会とはどのようなものなのかを考えていくきっかけとなりました。さらには、だれもが安心して生きられる社会とはどのような社会なのかについてまで、考えは及んできました。なぜなら、障害のある人たちが安心して生きられる社会は、だれもが生きやすい社会でもあるからです。

これまでの人類社会の多くの時間は、奴隷制など、ある人が喜んでいる傍《かたわ》らで、もがき苦しむ人がいる社会でした。しかし、人類はさまざまな闘争の結果、だれもが幸せに生きる権利を持つべきであると考えるようになり、現在多くの社会ではその権利が認められています。

けれども、現在の日本においては、貧困や病気、障害、差別などに苦しむ社会的弱者と言われる人たちが、歴然と存在しているのも事実です。こうした社会的弱者やマイノリティの声に耳を傾け、彼らの権利を守り、彼らが安心して暮らせる社会を築くことこそが、次なる課題であると考えます。彼らが社会的弱者でなくなることが、差別や偏見をなくし、社会の流れを変えることにつながるからです。

新型出生前診断によって中絶している人の多くも、社会の仕組みや風潮が変われば、そうすることは少なくなるであろうと私は考えます。なぜなら、現状では、中絶している人たちの多くが、従来の考え方に囚《とら》われていたり、社会の風潮や流れに左右されたりして、「いのちの選択」という重大な決断をしているのではないかと思うからです。

たとえば、家族に病人がいたり、貧困であったりする場合には、現在の日本では、障害のある子どもを産むという決断は、むずかしいのかもしれません。また、障害のある子を産んだ場合、いじめられないだろうか、幸せに暮らせるだろうか、という心配もあると思います。診断を受けないという決断や、診断を受けてもなお出産するというような強い信念を持っている人や、恵まれた環境にいる人は、社会の流れや風潮に左右されないのかもしれませんが、多くの人たちは、社会の状況や世論に左右されがちです。

だからこそ、社会のあり方を見直し、社会的弱者と言われる人たちが、できるだけ少なくなるような社会をめざしていくことが、望ましいと考えるのです。障害のある人が安心して幸せに生きられる社会が実現すれば、多くの人が「いのちの選択」というつらい決断をせずにすむのではないでしょうか。

このように、静香の目線で社会を見てみると、人間と社会の関係について深く考えさせられることが多くあります。その先には、私たちの社会が向かうべき方向性も見えてくるような気がします。今後、静香と共に生きていくことによって、私の思考がさらに深まることを自分自身楽しみにしている次第です。

最後に、私に大切なことを教えてくれた静香に、

「生まれてきてくれて、ありがとう！」

二〇一五年二月立春のころ

信田敏宏

謝辞

現在も静香の診察を担当していただいている玉井浩先生と、これまでさまざまなアドバイスをいただいた「タンポポ教室」のスタッフの皆様に、改めて感謝申し上げます。

また、本書は、岩波ジュニア新書『いのちはどう生まれ、育つのか──医療、福祉、文化と子ども』の中の「私たちの選択」という拙文をもとにしています。岩波ジュニア新書の編者である札幌医科大学の道信良子先生には、本書の草稿に目を通していただき、出版社をご紹介いただきました。ここに記して深謝申し上げます。

本書の出版を引き受けてくださった出窓社の矢熊晃氏には、的確なコメントとともに、ていねいかつ迅速な編集をしていただきました。心よりお礼申し上げます。

最後に、静香に惜しみない愛情をそそいでくれたお義父さん、静香の成長を涙して喜んでくれるお義母さん、そして、いつも明るく、楽しく静香に寄り添ってくれるお義姉さん一家に、この場を借りて心から感謝の気持ちを伝えたいと思います。

心はけっして遅れない

玉井　浩

　静香さんの誕生から現在までの子育ての中から学ばれた大切な気持ち、揺れ動きながらも静香さんの成長に励まされ、そしてそれを多くの関係者に役立つよう還元するというご両親の思いに、深く感銘を受けました。

　私は静香さんを赤ちゃんの時から診察していますが、いつもご両親とともに来られ、二人から愛情をいっぱいに受け、ゆっくりであっても確実に成長していくようすをそばで見てきました。静香さんには、もともと備わっていたものと思いますが、その感受性の高さもあって、とくに言葉の理解が素晴らしかったです。不安に思いながらも、他の人と比べるわけではなく、我が子の成長を信じて全力で子育てに向き合ったことが、その後の静香さんの成長に大きく影響したのだと思います。

もちろん、ダウン症といってもみな同じように成長するわけではありません。心臓疾患や血液疾患、神経の病気などの合併症の治療のために入退院を繰り返されているお子さんもいます。低緊張という体の柔らかさのため、歩行開始が遅れる方もいます。発音も不明瞭であったりもします。こういった身体的な成長には個人差があります。また、性格の面でも積極的な子もいれば、慎重派で人をじっくり観察してから行動する子もいます。しかし、大切なのは、どの子も心を持っていることです。楽しいことは楽しいと感じ、嬉しいことは嬉しいと感じ、悲しいことは悲しいと思い、そして悔しいことは悔しいと思うのです。心はけっして遅れないのです。

常に健常者の姿が目標になっている限り、家族は常に息苦しく感じ、「絶えざる悲しみ」に捕われ続けます。しかし、ご両親はそこから脱して自分自身の

「心の変革」に気づき、静香さんの成長にも励まされ、真の受容がもたらされたのだと思います。静香さんという感受性豊かな一人の人間の存在に気づいた時、さぞご両親は幸福に感じたのではないでしょうか。

本書を読まれた方は、ご両親のあふれるような愛情によって育てられた静香さんは本当に幸せであると思われることでしょう。読み終わって、幸せに感じている私自身がいます。多くの方に本書が読まれ、家族の素晴らしさが広がって世界中が幸せになることを祈っています。

私自身にもダウン症の娘がいます。小さい頃はいろいろな病気をして入退院を繰り返し、手術も何度か受けました。なんとか大変な時期を乗り切り、元気になってからはさまざまな療育に通うことになりました。しかし、遠方であったり、専門が別々であったりで、なんとか一か所で総合的に診療し療育してもらえる場所はないものかと考えていました。その後、周囲の理解のもと大学附属のＬＤセンター（学習障害を研究し指導する施設）にダウン症児のための赤ちゃん体操から言語指導までを行う「タンポポ教室」を併設することができました。そこに静香さんも通っておられたのです。

また、小児科外来では信田さんご家族のように一家で来られるご家庭も多くいらっしゃいますが、なかなか家族の理解が得られず母親だけが子どもをつれて来られることも多く背景はさまざまです。しかし、今日を精一杯生きているのは親だけではなく、この子たち自身であることは共通なのです。

最後に、ご両親を魅了した静香さんの素晴らしい力に賛辞を送りたいと思います。

（大阪医科大学小児科・医師）

著 者 信田敏宏（のぶた・としひろ）

国立民族学博物館教授。

1968年、東京都生まれ。東京都立大学大学院社会科学研究科博士課程単位修得退学。博士（社会人類学）。専門は社会人類学・東南アジア研究。主な著書に『ドリアン王国探訪記――マレーシア先住民の生きる世界』（臨川書店）、『周縁を生きる人びと――オラン・アスリの開発とイスラーム化』（京都大学学術出版会、第4回東南アジア史学会賞受賞）などがある。

なお、本テーマでは、「私たちの選択」が、岩波ジュニア新書『いのちはどう生まれ、育つのか――医療、福祉、文化と子ども』（道信良子・編）に収録されている。

DMD

出窓社は、未知なる世界へ張り出し
視野を広げ、生活に潤いと充足感を
もたらす好奇心の中継地をめざします。

「ホーホー」の詩ができるまで
ダウン症児、こころ育ての10年

2015年2月20日　初版印刷
2015年3月10日　第1刷発行

著　者　信田敏宏
発行者　矢熊 晃
発行所　株式会社 出窓社
東京都国分寺市光町 1-40-7-106 〒185-0034
TEL 042-505-8173　Fax 042-505-8174
振　替　00110-6-16880

図書設計　辻 聡
印刷・製本　シナノ パブリッシング プレス

ISBN978-4-931178-86-1